月牙兒

林加春

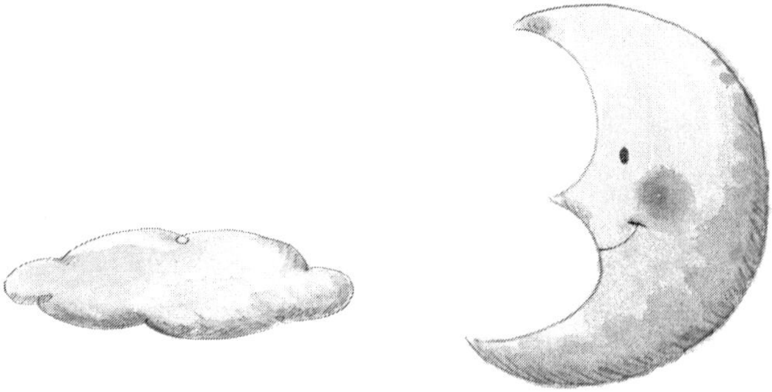

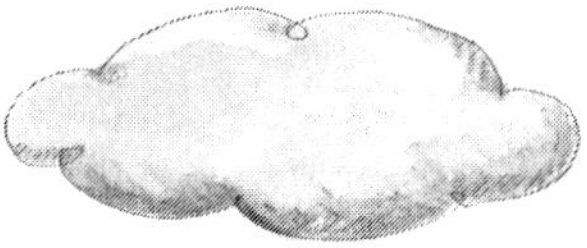

目錄

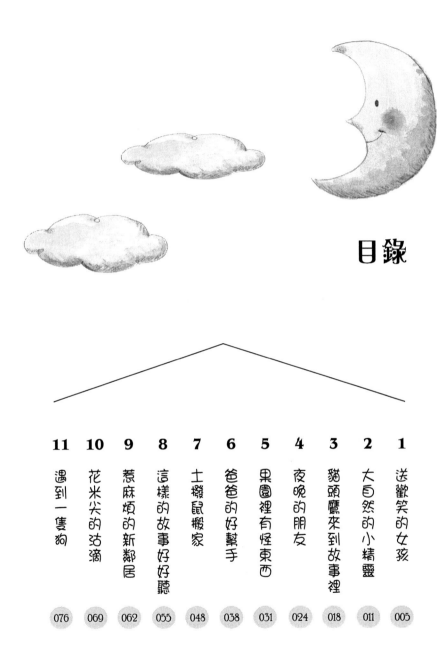

c.o.n.t.e.n.t.s

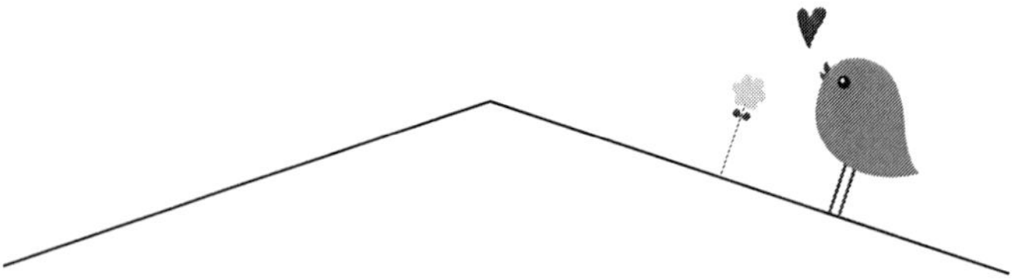

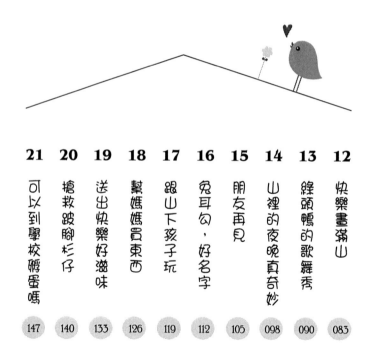

1 送歡笑的女孩

摘下斗笠，瘦高黝黑的男人坐到屋前石階上，朝屋裡喊：「月牙兒，月牙兒。」

屋裡沒聲響，他身旁的小黃狗搖著尾巴汪汪叫，一個小女孩笑嘻嘻從屋後順著牆邊過道跑來。

「爸，我給你倒茶。」白嫩紅潤的圓臉上，兩顆大眼黑亮精靈。月牙兒伶俐的進屋，提了茶壺出來，壺嘴上倒扣著杯子，她拿起杯子倒茶水。

喝了茶，抹把臉，爸爸問她：「月牙兒，今天去哪兒玩了？」

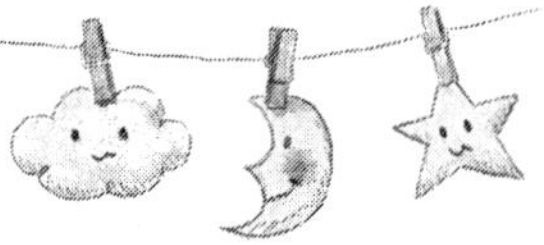

小女孩貼著爸爸身子坐下，抓著烏溜溜辮子笑：「山下的孩子們教我爬樹盪鞦韆。」

山下的孩子們教月牙兒爬樹？爸爸忍不住搖頭：「你捉弄他們啦？」

月牙兒搖頭，拿起髮辮搔撓玩弄：「沒有，我很聽話。」

「記住喔，別胡鬧，也別讓他們跟到家裡來。」爸爸摸摸月牙兒的圓臉蛋，又一次叮嚀。

其實，山下的孩子們對月牙兒也不熟悉，只知道這個小女孩住在山裡頭，經常穿綠色衣服褲子，至於她長什麼樣子呢？孩子們說的都不一樣。

「臉圓圓的。」「才不，她下巴是尖的。」

「皮膚很白。」「哪有，她那一張臉曬得紅通通。」

「眼睛很大。」「不會吧，她都是瞇著眼像條縫似的。」

1 送歡笑的女孩

這麼一拌嘴，孩子們真的說不出月牙兒到底長得好不好看，只有一點大家都同意：她很愛笑，從見面笑到分開。

哎，這實在沒什麼特別，哪個孩子不是整天笑呢？可是她久久才出現一次，孩子們見到立刻就喊出來：「月牙兒！」

不管別人認不認得、叫不叫得出名字，小女孩月牙兒總是笑，有時瞇眼微笑，有時張口哈哈笑、呵呵笑，有時抿著嘴笑。笑的時候，她的眉毛、眼梢、臉頰、嘴角全都像捻亮的燈泡，亮起來，吸引別人的目光注視。

她笑得開心，沒煩惱，看她笑，別人總沒來由的快樂起來，心中被光照亮了，跟著輕鬆開懷的笑。

哎，月牙兒的笑是會傳染的，不但孩子們記得，大人們也喜歡，這小女孩簡直就是專門送歡笑給人的。

可惜她不常到山下來！

山裡住戶少，隔得遠，碰不到面沒甚麼奇怪，孩子們有時跟大人上山撿柴火，找野菜野果，山裡轉來轉去也沒碰到月牙兒過。

月牙兒的家的確不好找，得先彎腰爬過一個山洞，曲曲折折走一段後出了洞，是個小山凹，她爸爸就地取材用石頭樹木茅草搭了座屋舍。

山凹裡不怕狂風大雨，住起來挺舒服又安全，而且就他們這一戶，月牙兒的家人都喜歡，她爸更要求全家人別跟旁人說住哪兒，就怕外人

一來，這像世外桃源的好住所很快會不得安寧。

「我們住在這兒種果樹，別人問起來，只要說住在山裡頭，別的不要多說。」爸爸這樣講，月牙兒記牢牢。

平日她在山凹裡溜逛，家中爸媽兄姐都去照料果樹，沒人能陪她，月牙兒習慣自言自語，跟空氣說話，和草木野花玩扮家家，對著雲跟風說故事唱歌。

沒有人知道月牙兒會說奇怪的話！

天黑了，家人回到山凹來，屋裡一家人說笑幾句，吃過飯整理好瑣碎家事，很快就上床睡了。忙累的工作後，大家只想休息。等到天一亮，他們又早早出門，跟月牙兒說不到幾句話。

聽月牙兒說話的，通常是她的玩伴。她會說草木的話，又會說鳥語，也能說風言，和小動物也講得通。

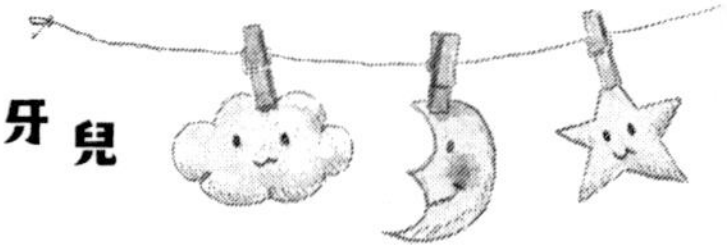

年紀還小的時候，月牙兒分不清楚該跟誰說哪一種話，鳥兒聽不懂人話，小動物聽不懂風言，草木呆呆地聽她說鳥語，一陣子後她才記住每一種不同對象用的話語。

是怎麼學會的呢？月牙兒起先就只是看、只是聽，亮亮眼睛眨呀眨，帶著好奇和趣味仔細看。也許是她的眼睛會說話，或者是她的笑瞇瞇臉蛋和呵呵笑聲有魔力，反正動物們把她當一家人愛護，耐心跟她玩、跟她說話，沒幾回，月牙兒就知道大家說什麼了。

山裡頭的鳥兒、蟲兒、小動物都是她的玩伴，月牙兒跟這些沒脾氣、好性情的朋友學到了笑臉迎人，毛孔皮膚、眼耳鼻口和腦袋瓜，進進出出的都是快樂。

2 大自然的小精靈

獨自留在家裡的小女孩月牙兒，白天就在廣大的山凹裡跑跑跳跳，樹上草地上遇到的各種動物太多啦，她都要停下腳來，笑瞇瞇和他們說上幾句。

偶爾，媽媽會提早些收工，或抽空回家來看看，總是遠遠就看到月牙兒，爬在樹上嗚哩哇啦笑，或是蹲在草堆裡嘰咕咿呀說話，媽媽覺得月牙兒會自己找樂趣、玩家家酒，以為她隨意的哼唱編詞。

「月牙兒，你唱什麼歌？」媽媽給她綁辮子時，愛憐的抱著她。

月牙兒拍著手，偎著媽媽唱起歌來，聲音清脆響亮，很好聽，卻不知道在唱什麼。

「我唱鳥兒教的歌。」月牙兒天真無邪，說得很開心。媽媽以為她學鳥兒的啁啾，聽聽，是蠻像的哩。

就這樣，大家把月牙兒說的唱的奇怪話詞當作是她自言自語，沒去仔細問過。

有一天，月牙兒突然問爸爸：「我可以到山下去玩嗎？」

全家人都很意外。

爸媽兄姐都沒空陪她，山下才有孩子伴，可是月牙兒不認得路，家裡也沒人能特地帶她下山，爸爸很歉疚：「月牙兒，等爸爸載水果下山賣時，帶你去看看外面的風景，好嗎？」

媽媽蹲下來，摸摸她的臉蛋說：「月牙兒，山裡的路很難走又不好認，你可別一個人離開這山凹去到處玩。」

月牙兒沒了笑容，看看爸爸又看看媽媽，小聲問：「那……我可以到山洞外頭看看嗎？」

她失望的表情和懇求的聲調，讓爸媽心疼極了。

爸爸彎腰對她點頭：「好吧，只能在山洞外頭，可別走遠了。」

「別出去太久呀。」媽媽摟緊她又不放心的交代。

聽這麼說，月牙兒重新有了笑容。

隔天，她真的走出山洞，見到猴子和松鼠告訴她的山壁。

猴子特地爬到山壁上，抓來一把香香綠綠的花米；松鼠不知從哪裡也找到幾顆果實，教月牙兒剝開來吃。

花米甜甜的，去殼的果實鬆鬆軟軟，都很好吃，月牙兒吃過後，又求猴子松鼠教她爬山壁。

早早就會爬樹的月牙兒發現山壁更好爬，也有更多好玩的事情，她跟著猴子松鼠攀上爬下，鑽進小洞再爬出來。

起先，月牙兒只在山洞附近玩，幾次後她學會認路做記號，沒有松鼠猴子帶領，一個人也能爬到高處遠處，喝山泉、吃嫩葉野果、睡在樹臂彎。

山壁岩石都認得月牙兒，白嫩手腳抓握踩踏時，山壁會悄悄伸長岩角，架緊石塊，擠出洞隙，讓她穩穩的上下。

月牙兒的笑臉逗得風啊、雲啊、太陽啊都心情大好，陪著她在山頭上悠閒遊逛，總要等月牙兒回到山凹住處，才呼呼起風，山頭罩雲，一片霧雨茫茫。

太陽告訴風和雲、山和樹：「藏好這個小寶貝，她是我們的娃兒。」

沒有人知道月牙兒得到整座山的鍾愛，只看見她快樂滿足的笑靨、晶亮靈動的眼神。

月牙兒不再提去山下玩的事情，爸媽鬆口氣，畢竟，多年辛苦照顧的果樹已經結果，接近收成季節，更沒有空暇和人手可以帶這孩子。

在山裡種水果，除了怕病蟲害，也怕猴子松鼠鳥兒，甚至山豬野羌這些動物來破壞。聽到爸媽和兄姐商量討論，準備要驅趕動物，月牙兒第一次掉眼淚，珍珠淚滴撲簌簌地掉不停，讓全家人都嚇一跳。

「月牙兒，怎麼了？」姊姊摟著她輕聲問。

「別趕他們好不好？」抽抽噎噎說不清楚，月牙兒伸手抓臉上淚珠，一把抓完又有一把，「我都跟他們一起玩的，我們別趕他們好

不好？」

知道月牙兒和動物們感情好，爸媽隨口哄她：「好，好，不趕他們。」「只要不碰我們的水果，誰也不會趕啊。」

爸媽的話讓小月牙兒停住眼淚，腦袋瓜裡開始想事情。

忙碌疲憊的家人沒注意到月牙兒的笑容不見了，他們早出晚歸趕著採收的工作，月牙兒等爸媽兄姐出門後，也跟著走出山凹，去找鳥蟲松鼠猴子兔子這些玩伴。

「帶我去別處玩好嗎？」月牙兒要求他們：「不要去爸媽的果園，好不好？」「到別的地方找果子吃，可以嗎？」

她甚至要求樹木：「可以教我種果樹嗎？」月牙兒說：「我要種果子給伴兒吃，不讓他們餓了，也不去家裡的果園吵鬧。」

樹木笑出一陣陣葉浪，柔柔輕輕，傳得很遠很遠，每棵樹都知道了月牙兒的心願。

「帶你的伴兒來吧，這裡有好吃的果子。」樹木彎下枝條摸摸月牙兒臉蛋，告訴她。

3 貓頭鷹來到故事裡

採收水果的工作很順利，豐碩甜美的果實沒受到動物的啃咬破壞，一家人都很開心。

把收成的水果載運下山後，爸爸媽媽特地帶月牙兒在山下多住了兩天，讓她跟山下人家的孩子們玩玩，學唱些兒歌童謠，做些剪紙編串的小手藝。

月牙兒很快記住種種新奇事，還聽了孩子們七嘴八舌說的農家生活，知道山下人家怕豪雨成災、山石崩塌，也怕天不下雨、沒水吃喝。人家說的事，月牙兒一樣一樣都記住。回到山凹住處，她跟風啊雲

啊說起這些，也跟山壁岩石講悄悄話。

月牙兒說：「你們要很健康，很強壯，不要跌倒摔下來，那會很痛很痛！」「可以請天空的雨輪流下嗎？不要一起下來，也別都不下來，可以嗎？」

笑呵呵的臉白白淨淨，亮著烏溜溜眼珠和一彎紅脣，月牙兒抱住山石，細聲碎語又親又吻，仰望天空哼啊嗚哇，說了一遍又一遍。

可愛的話語和笑臉，逗得硬梆梆的石頭也軟了心：「別怕別怕，我們站得又穩又挺。」

風和雲摸摸她、看看她，愛憐的答應這小女娃：「下雨的事也聽你的啦。」幾顆雨珠滴在月牙兒手指間，這是雨的回答。

因為月牙兒的關係，全家人對山裡動物們格外友善，除了刻意留幾棵果樹的收成給動物們，偶爾路上遇見了，也學月牙兒跟動物們揮揮手勢，喊個幾聲或唱幾句。

「這樣有用嗎？」哥哥問月牙兒：「動物們會記得人，知道我們是在打招呼嗎？」

「有用啊。」月牙兒笑瞇瞇點頭。

一隻鳥飛過，「咯咯咯」丟下一串音符，月牙兒也用「咯咯咯」的聲音唱了兩句。

「他要找猴子，我告訴他再向前飛。」指著鳥兒，月牙兒這麼說。

哥哥笑哈哈沒當一回事。他自己小時候也是聽什麼學什麼，月牙兒白天都跟動物們在一起，免不了會模仿他們的樣子。鳥兒說什麼只有鳥知道，人哪裡會曉得呢？月牙兒只是亂猜罷了。

一個下雨的夜晚，全家人都睡了，月牙兒躺在爸媽中間說自己編的故事，儘管爸媽都呼呼打鼾沒回應她，小月牙兒仍然歡歡喜喜說著。

屋子裡，還在聽她說故事的只剩下壁虎、蜘蛛、蝙蝠，她特別換了聲音和話語，屋裡聽起來是壁虎給給給、蝙蝠噗噗飛的聲響。

黑暗中，小月牙兒聽到壁虎喊她：「給給給」「貓頭鷹要找你！」咦，貓頭鷹也想要加入我的故事裡嗎？真好。小月牙兒安靜坐起來，屋門關著，外面下雨，貓頭鷹在哪裡？

「ㄏㄨˋ ㄏㄨˋ」，「ㄏㄨˋ ㄏㄨˋ」，有個聲音引導月牙兒。她抬頭往上看，屋頂木頭邊角上，亮著兩顆黃綠珠子，貓頭鷹在那裡。

「ㄏㄨˋ ㄏㄨˋ」，貓頭鷹說話了：「啄木鳥把我住的樹敲出許多洞。」

貓頭鷹停一下，接著說：「那棵樹明天早上會斷掉。」

一句接一句，貓頭鷹繼續說話：「ㄏㄨˋ ㄏㄨˋ」，「倒在山路上。」

「ㄏㄨˋ ㄏㄨˋ ㄏㄨˋ」「叫你的家人要小心。」

「ㄏㄨˋ ㄏㄨˋ」「別被打到了。」

低沉的「ㄏㄨˋ ㄏㄨˋ」聲慢慢說，像唱歌像哼吟，月牙兒聽著聽著，眼皮垂下來。

貓頭鷹說話變成夢裡的故事，小月牙兒打起盹，身子漸漸歪斜，枕靠在媽媽軟軟暖暖的肚皮，被貓頭鷹哄著睡去。

「月牙兒，來，躺好睡。」媽媽驚醒抱著她，月牙兒迷糊裡還在說故事：「明天早上有棵樹會斷在山路上，你們要小心喔。啄木鳥要貓頭鷹來告訴我們的。」

貓頭鷹？爸爸也醒了。剛才確實是聽到戶戶叫聲，很清楚很近的貓頭鷹叫聲，「有聽到嗎？」他問媽媽。

點點頭，剛才在半夢半醒間，媽媽恍惚聽到貓頭鷹持續叫了一陣子。

「睡吧，月牙兒大概是說夢話。」媽媽重新躺下來。屋裡並沒有看到什麼奇怪，也許是下雨的夜晚，讓外面貓頭鷹叫聲聽來特別響亮刺耳。

天亮後，雨停了，大家跟平常一樣，吃過飯早早出門。

月牙兒跟在爸媽身邊不停說：「要小心喔。」「有棵樹會斷掉。」

「樹倒下來，很可怕。」她還沒忘記昨晚的故事。

看她把故事當了真，媽媽親親小臉頰，安慰月牙兒：「別怕，我們會注意。」

每天走的山路，沿途都是樹，也的確見過斷樹砸下，這種事很平常，他們並不特別記著月牙兒的話。

4 夜晚的朋友

經過一夜的休息，天一亮，爸媽兄姊吃過早餐，跟月牙兒揮揮手再見，大家很快整裝出門。

昨晚下了雨，路上溼答答，不知道果園裡有沒有狀況。

出了山凹右轉，循著山路走到果園入口，接下來要爬土坡梯階。爸爸停下腳看著，山溝怎麼積滿水呢？得趕緊清理才行。

爸爸和哥哥用鋤頭挖了一陣，找到落葉堵塞的地方，正想不透為什麼會有石塊在裡頭，背上突然有刷刷殺殺的大聲響，黑影跟著轟落，一棵大樹倒栽下來。

4 夜晚的朋友

「快跑！」爸爸急忙推開哥哥，兩人抱頭躲閃。

枝葉擦過哥哥的肩背，重重拍打在皮膚留下灼熱刺痛，「蓬！」一聲，土石跳動地面發抖，那棵樹摔在路中央，擋住交通。

「爸爸呢？」媽媽和姊姊先扶起哥哥，又四處找人。

路的這頭沒有，那一頭呢？

喊了好幾聲都沒回應，媽媽急得去拖那棵樹，擔心爸爸被壓在底下。

「我沒事啦。」

聽到聲音，三人轉頭看。爸爸站在山溝裡，渾身濕泥和樹葉，髒兮兮的。

「還好有這山溝，要不真會被打破腦袋！」爸爸一邊爬出山溝一邊說。

檢查那棵樹，不是連根拔起，是攔腰斷掉，被蟲蟻蛀啃到爛蝕中空，大的枝條有胳臂粗，樹幹更比爸爸大腿胖多了。

用鋸子截切再拖移到較空曠的地方堆著，爸爸媽媽不約而同提起月牙兒：「她真說中了，樹斷掉，倒下來。」

「月牙兒怎會夢得這麼準！」姊姊很懷疑。

「大概是巧合吧。」哥哥不以為意。大人有時會夢到真實的事情，也有時，隔好久才又記起夢中景象，月牙兒應該是剛好都碰到了。

小月牙兒並不清楚做夢和說故事有什麼不一樣，但是當貓頭鷹又一次來到故事裡跟她說話，小女孩沒忘記謝謝這夜晚來作伴的朋友。

「ㄏㄨˋㄏㄨˋ」「ㄨˋ——ㄨˋ」貓頭鷹停在老地方，屋樑邊角上特別暗，月牙兒躺在床上，側轉身就看到了。

「有人在果園裡放了怪東西。」貓頭鷹連說兩遍。

這句話是什麼意思呢？月牙兒聽不懂，但還是用「ㄕㄕ」聲說：

「謝謝你。」

屋裡有貓頭鷹嗎？聽見聲音醒來的爸爸，安靜不動專注再聽，是身旁月牙兒學貓頭鷹叫，這孩子做夢了！

伸手拍拍月牙兒，不料月牙兒轉過臉，眼睛亮亮聲音清醒，高興的喊他：「爸爸。」

「你還沒睡呀！」爸爸很驚訝：「剛才是你在玩貓頭鷹遊戲嗎？」

「貓頭鷹跟我說話。」月牙兒弓起身，舒服的側躺跟爸爸聊天：

「他一直說，有人在果園放了怪東西，我謝謝他。」

「你又夢到貓頭鷹了？」爸爸替月牙兒蓋上毯子：「別踢掉喔，快睡吧。」

「是貓頭鷹來我們家，他喜歡停在那裡。」月牙兒翻過去，伸手指向屋樑，暗黑一片裡好像有個形體。

爸爸瞄一眼，沒再說甚麼，倒是被吵醒的媽媽摟住月牙兒問：「你會說貓頭鷹的話？」

「嗯。」窩在媽媽懷裡，月牙兒瞇起眼，囡囡嬌嬌的說：「我會跟大家說話，他們的話都不一樣，很好玩，他們都是我的伴兒……」

聲音越來越小，月牙兒睡著了。

很快的，爸爸也發出鼾聲，走入夢鄉，媽媽摟著月牙兒胡思亂想，沒了睡意。

連著兩個晚上，月牙兒都提起貓頭鷹，這真會是夜晚來跟她玩的朋友嗎？白天不容易見到貓頭鷹哩。

老是讓月牙兒獨自留在家裡，她一定很孤單，說不定會害怕吧！沒機會多跟人接觸交談，難怪她總是自言自語，說些奇怪聽不懂的話。一個人扮家家酒，以為動物們跟她一起玩，其實，全是月牙兒自己幻想編造的，她很需要真正的玩伴哪！

想了一大堆，媽媽在心裡嘆口氣，「不如帶她到果園去，或是，把她寄放在山下人家……」

怎樣比較好呢？

眼皮越來越重，媽媽疲睏的腦袋終於投降，把問題留在睡夢外。

睡過一晚，像往常那樣，天還灰濛濛，月牙兒在爸媽下床後不久也醒了，抱住小被子坐起來，「你們要出門了嗎？」

「還沒。」媽媽正把早餐擺上桌。

姊姊過來替她換衣服：「月牙兒，今天跟我們去果園，好不好？」

「好。」月牙兒亮起笑臉大聲說。

「要走路喔，沒有車子坐，也不能要人家抱抱、背背喔。」故意逗她，哥哥甩手跺腳，學娃娃哭鬧的樣子，問她：「月牙兒，你會這樣嗎？」

「我會走路，也會爬樹。」月牙兒才不怕哩。

5 果園裡有怪東西

第一次跟隨爸媽兄姊來到果園，月牙兒好奇又開心。

果園很大，爸媽兄姐分別要去剪枝、摘芽、套袋、培土，工作多又雜，他們把月牙兒獨自一人留在工寮。

偶爾，大家吆喝呼喊幾句，熟悉的聲音讓她知道家人在哪裡做什麼事，不至於擔心害怕；陌生新奇的環境也吸引月牙兒的眼光，她很快找到新朋友。

一群雞在樹下踱步啄沙子，月牙兒嘴裡「咕咕」「勾勾」叫他們，公雞頂著漂亮鮮紅的大肉冠來到她面前，神氣的注視月牙兒。

「度」「度」「度」，一隻鳥在工寮頂上叫。什麼事呢？

月牙兒個子小，看不到鳥兒，學著用他的聲音喊：「你在哪裡？你能飛下來嗎？」

色彩鮮綠，鑲著寶藍紅黃羽毛的美麗五色鳥，到了月牙兒身前興奮點頭：「你好，你好。」

月牙兒坐下來，笑呵呵和這隻「度度」鳥說話：「你住在這裡嗎？那你一定見過我的爸爸媽媽和哥哥姐姐。」

鳥兒又跳到枝條上，「度度度」回答她：「看過，看過，我看見過。」

「貓頭鷹說，有人在果園放了怪東西，你知道嗎？」月牙兒問度度鳥。

「知道，知道，我帶你去。」

「度度度度」，五色鳥說的又快又響亮，綠影一閃，他飛起來。月牙兒跟著他來到一棵樹下。

「上面，上面，在這上面，很奇怪的東西。」五色鳥「度度」說。

這個同時，爸爸提著鋤頭也走到這裡查看。「月牙兒！你別走遠了，我們會找不到你唷。」

剛才工作時聽到敲木頭聲，五色鳥叫的比平日還要久，忽然又安靜了，現在飛來附近更大聲叫，是因為見到月牙兒嗎？

「度度鳥說，這樹上有奇怪的東西。」小月牙兒仰著臉伸手指。

五色鳥在爸爸說話時躲開了，樹上是一個個小小青綠果實，葉片裡還會有什麼呢？

「你看到什麼了？」

爸爸抬眼張望，枝椏間是有個小黑影，看不清楚樣子，繞到樹的另一邊，有根繩子沿樹幹垂下，被落葉蓋住。

「這不是家裡的東西。」爸爸順手用鋤頭撥翻，才兩下就「卡」的一聲，有個東西彈跳起來，鋤頭被夾住了。

「嗄！」爸爸嚇一跳，是捕獸夾！拿過鋤頭靠近些想看清楚，卻扯動繩子，從樹上罩落一張網，爸爸差點被網住。

整套捕捉大型獵物的陷阱！

驚訝、生氣、疑惑，爸爸臉上神情是月牙兒從沒見過的。她拉拉爸爸的手小聲問：「這是什麼東西？」

回過神，爸爸抱起小月牙兒，怕她隨意走有危險，「這東西，是……抓動物的。」

對小月牙兒來說，這簡單的答案已經很複雜，她立刻有一堆問題：誰要抓動物？抓動物做什麼？動物被抓了會怎樣？為什麼要放在果園裡？

山裡人家經常捕捉山羌、野鹿、野豬、果子狸、野鼠、兔子等等，多半為了錢或食物，但是不知情的人也可能碰觸陷阱，受到傷害，像這樣沒有通知或請求，就在果園裡裝設陷阱，讓全家人進出工作變得危險可怕，更是不應該。

看著地上捕獵器具，全家人心情沉重，不知道要如何跟月牙兒解釋「打獵」這種事。

唯一讓大家舒展心情露出笑容的，是月牙兒說：「貓頭鷹在睡覺時告訴我。」「度度鳥帶我來這棵樹。」

童言童語逗得家人都笑了，小孩子對不知道的事情都想得很可愛。

「是真的，貓頭鷹都在睡覺時來跟我說話；度度鳥很漂亮，我剛才跟他聊天，他帶我來到這裡。」月牙兒一邊說一邊學鳥兒的聲音：「我平常都跟他們這樣說話。」

她是真的能聽懂鳥語嗎？

「你平常說說唱唱，都是跟鳥兒學的嗎？」哥哥半信半疑，人和鳥通話？太神奇了！

月牙兒笑呵呵點頭，每一種鳥都有不同的聲音，唱的歌也不一樣。

姊姊恍然大悟，月牙兒那些哩哩囉囉奇特語言，原來是跟鳥兒們說話，不是自言自語的家家酒。

確定月牙兒能和鳥兒做朋友，玩遊戲聊天，媽媽最快樂：「這樣我就放心了。」

原本為了月牙兒缺少玩伴會孤單害怕，媽媽擔心到一夜睡不好，現在，煩惱一整夜的問題不再是困擾啦。

有動物陪伴照顧，還能跟鳥類說話唱歌，「月牙兒，你的朋友比我們還多唷！」爸爸高興的拍拍大腿。

「他們都是很好的伴兒。」月牙兒笑瞇了眼。

這一家人，對月牙兒的奇特能力感到興奮，暫時忘了捕獸陷阱的事情。

6 爸爸的好幫手

月牙兒抱著樹幹不知說了什麼，樹葉枝條就輕輕嘩嘩、嗦嗦沙沙的發出不同聲音。

仔細聽完後，月牙兒帶領爸媽在果園裡不同方位找到幾棵樹，從樹下樹上清理出的捕獸夾有好幾個，看起來很新，而且都附加網子。

「月牙兒，告訴你的朋友，這種東西很危險，要小心，最好別到果園來。」爸爸派工作給月牙兒。

月牙兒喜歡這工作，她認真跟見到的動物們說話。

蜜蜂蝴蝶停在她手指尖，聽完後感謝的繞著她，跳了一段舞才離開。

「要跟其他同伴說喔。」月牙兒嗡嗡提醒他們。

「喀喀喀」，月牙兒貼著樹幹學松鼠叫，很快的一隻松鼠甩著毛球尾巴，從黑暗葉叢裡跑出來。

「喀，喀，你找我嗎？什麼事？」蓬鬆毛球晃一下，松鼠已經坐在月牙兒肩膀。

「別到果園來喔，壞人用這種東西要抓你們。」月牙兒抱住松鼠，帶他看了捕獸夾和網子，「小心喔。」

松鼠翹起毛球尾巴，前腳搓搓嘴，喀喀怪叫：「可怕！可怕！」

「快去告訴大家小心，不要被抓了。」月牙兒把松鼠輕輕放到樹幹上，一邊喀喀喀催促他。

「嗤嗤」，猴子抓住樹枝盪來月牙兒前面問：「今天不去爬山壁嗎？」

月牙兒笑開白白牙齒，「嗤嗤」「嘶嘶」說著猴話：「爸爸找到壞人要抓動物的夾子，果園裡很危險。」

「別來這邊，小心被抓了。」月牙兒說。

端坐枝幹上，抓抓臉腮撓撓胸前，猴子左右張望，稍稍想過後站起身：「好，知道了。」

看猴子就要離開，月牙兒趕快拜託他：「你也跟大家說，好嗎？」

「會的，會的。」猴子在樹上轉個圈，攀住枝條盪鞦韆，躲進樹葉間很快不見了。

平日一起玩的還有蜥蜴、鍬形蟲、金龜子這些蟲，月牙兒蹲下來仔細找到他們，眼睛眨呀眨，說著彼此間沒聲音的話語。

接著，她又找到竹雞、野兔、山鼠和蛇等等動物，說了「怪東西抓動物」的事。

竹雞問月牙兒：「怪東西會飛嗎？」

山鼠猜，怪東西也許是捕鼠籠；蛇有點兒擔心，他正準備換一張皮呢。

月牙兒工作的很認真，「果園裡出現危險的怪東西，會讓動物們被抓走。」這件事情很快傳開來，連樹啊風啊都知道了，幫忙把消息帶到更遠的山區樹林去。

摸著月牙兒頭髮，風提醒她：「我看到土撥鼠跑進工寮，你通知他了嗎？」

搖搖頭，月牙兒從沒見過土撥鼠，她趕緊到工寮找。

用石頭、木材、竹子、鐵片搭架的工寮，裡面都是工具和肥料，還有一塊床板、許多簍子，東西堆得高又擠，地上只留了一小塊空處，月牙兒站在小小空地呆呆看。

太陽斜斜照進來，工寮裡的木梯、水管被照得亮亮的，其他東西都昏昏暗暗看不清楚。

土撥鼠會藏在哪裡？是像貓頭鷹那樣，在高高的黑暗角落嗎？

月牙兒抬頭看，兩三根竹竿倚著牆，上面有斗笠，還晾著幾件衣服。她用松鼠的話小聲問：「喀喀喀」，「你在哪裡？」

沒有回答。

堆疊到屋頂的紙箱和塑膠大桶，把工寮隔出一大塊暗影，黑濛濛的背後，會不會有土撥鼠亮晶晶的眼睛在看呢？

月牙兒改用猴子的話大聲問：「嗤嗤，嗤嗤」，「你聽到了嗎？你在哪裡？」一邊學老鼠打招呼的樣子，兩手放在嘴前抓抓搓搓。

還是沒有回答。

可能躲在地上嗎？

月牙兒蹲下來往床板下頭看，喔，有掃把和竹畚箕，她動動掃把，翻翻竹畚箕，一堆塵土飄出來。

「度度度度度」，這回她用五色鳥的聲音說話：

「你在哪裡？你能出來嗎？」

一片安靜，沒有回應。

門這邊的角落，疊著高高的簍子，月牙兒伸手推，它們動也不動，好重啊。

這要怎麼找？

想了想，月牙兒說狗的話：「汪，汪汪，浩浩浩，浩。」「土撥鼠，你在哪裡？能讓我看你嗎？」

簍子後面窸窣窸窣，有點小聲音，月牙兒睜大眼睛，仔細看注意聽，土撥鼠要出來了嗎？

在簍子和牆腳間的小縫，有張尖尖的嘴慢慢探出來，月牙兒看見細細的鬍子顫動戳弄，哈，鬍子的主人一定很有趣！

月牙兒靜靜等，兩個亮亮小點在暗漆一片黑裡出現了！

「月牙兒」，哥哥突然闖進來，屋裡頓時暗一下。

啊呀，月牙兒嚇一跳，再看，亮亮小點已經不見。

「哥，你把土撥鼠嚇跑了，他還不知道怪東西的事。」月牙兒趴到地上想再找找看。

「哎，我來我來，你先到外面等。」要月牙兒讓出位置，力氣很大的哥哥將圓鍬、鋤頭、麻繩、水桶等雜物挪到另一邊，再把一落落簍子搬出工寮外。

「月牙兒，你變成泥娃娃了！」

姊姊拍掉她身上臉上頭上的灰塵泥土，牽著她踏進工寮。

嘿，這裡在做什麼？

「找土撥鼠。」哥哥放好簍子又進來。

搬空了的角落，明顯有一大堆鬆鬆的土泥，「土撥鼠住在裡面嗎？」月牙兒很好奇，這樣的屋子，住起來會變成泥土老鼠吧。

「真的有土撥鼠呀？」姐姐很懷疑，也許只是普通的野鼠。

「看看這個。」哥哥招招手。

土泥堆後面地上一個黑黝黝的洞，三個人六隻眼睛努力的看。

「好像有東西！」姐姐說。

實在太暗了，月牙兒只能對著洞口說話：「土撥鼠，果園有夾子，會抓住動物，你要小心。」

「土撥鼠，你聽到了嗎？」

「土撥鼠，你在裡面嗎？」

連串「汪汪」「浩浩」的話音說完，工寮靜悄悄，他們盯著洞眨眼，等候。

洞口似乎亮一下，三個人都聽到聲音，哥哥以為是狗叫聲，姐姐感覺是鳥叫。

月牙兒仔細聽，是土撥鼠回答她哩：「沒事，沒事。」「聽到了。」「我是媽媽，我們一家都平安。」

喔，這真是大意外，工寮底下住了一窩土撥鼠！

7 土撥鼠搬家

「月牙兒，我們請土撥鼠換個家，好不好？」

聽哥哥姊姊說果園工寮有土撥鼠，爸爸媽媽在睡覺前先問月牙兒。

「請土撥鼠搬到別處去，免得被捕獸夾抓住，好不好？」抱著月牙兒，媽媽問。

土撥鼠吃草根、葉芽、花瓣、種子、果實，爸媽擔心一整窩鼠會造成果園的損失，不如趁機會請牠們離開。

月牙兒記得兔子說過，他們有好幾個家，跑來跑去。

「狐狸守在家門口，我們不敢回去，就住到另外的家。」兔子們這樣說。

搬家，是怕危險，土撥鼠在工寮的住家，也有危險……

「好。」月牙兒笑瞇著眼，用力點頭。

真的要幫土撥鼠搬家嗎？第二天早上站在工寮裡，哥哥問月牙兒。

爸爸媽媽和姐姐都去果園忙，留下哥哥跟月牙兒。雜物簍子已經搬出去，陽光把外頭照得白亮，工寮裡灰灰昏昏，幸好還能看清楚。

「土撥鼠願意搬家嗎？」哥哥又問一次。

月牙兒蹲在洞口前，正在和土撥鼠打招呼：「是嗎？」「好啊！」「我們去外面等。」

「你們說什麼？」哥哥很好奇。

月牙兒的笑臉紅撲撲，「土撥鼠爸爸出去了，土撥鼠媽媽要去找，但是叫我們在外面等，別進來。」

「你提到搬家的事沒？」走出工寮，哥哥問。

「說了。」月牙兒點頭，「哥，我們把土撥鼠搬到山凹裡去，好不好？他們可以跟我作伴。」

「土撥鼠願意嗎？」哥哥抬頭看四周，沒發現地上一隻大老鼠沿牆腳溜出工寮。

坐在簍子上的月牙兒被東西遮住視線，只看見大老鼠的背部。

「你邀請牠們了嗎？」哥哥轉頭問月牙兒。

就這時，月牙兒看見老鼠尾巴。又一隻大黑褐色老鼠溜出工寮，躲入簍子後面。

土撥鼠開始要搬家了！月牙兒急著翻身爬下簍子，呼喚土撥鼠：「你們要去哪裡？」「你們不跟我玩嗎？」

她跑到簍子堆後頭。

喔，有隻大老鼠等在那裡，站直身體，黑亮亮眼睛炯炯盯住月牙兒，像極了兔子臉的鼻嘴和鬍鬚，又有點像松鼠。

「你好，我想跟你做朋友。」月牙兒雙手放嘴邊，抓抓呶呶打招呼。

安靜一會兒，土撥鼠警覺的看看上下左右，接著「吱吱」「嘰咕嘰咕」問月牙兒：「你是松鼠的朋友？」「我們用鼻子親吻打招呼，你會嗎？」

笑開嘴，月牙兒跪坐彎身和土撥鼠碰碰鼻子，還伸手摸摸土撥鼠的前腳，輕輕推一下。

「我跟很多動物做朋友。」「你們也來和我作伴，好不好？」月牙兒吱吱嘰嘰說。

這太奇妙了！哥哥看著聽著，察覺月牙兒和土撥鼠談得很愉快。小耳朵、兔子嘴唇的土撥鼠，細細鬍子顫動戳弄，似乎在點頭答應：「好吧，我們就跟你走。」

哈哈，月牙兒呵呵笑：「哥，他說你是大巨人。」

「大巨人能抱抱土撥鼠嗎？」哥哥蹲下來。

月牙兒抱起土撥鼠，小心放到哥哥手上：「這是鼠爸爸。」甜甜的笑臉跟土撥鼠的咧嘴微笑湊在一塊兒。

學月牙兒的動作，哥哥用鼻子碰碰土撥鼠黑圓圓的鼻頭，感到濕濕熱熱軟軟的，好像還聽到牠小小叫了一聲「吱吱」！

「汪汪」「吱吱」，鼠爸爸又叫出聲，哥哥摸摸牠的毛，把牠放下。啊呀，月牙兒身邊又多出兩隻土撥鼠，在跟月牙兒說話哩。

鼠爸爸先和牠們親吻招呼，接著再叫：「都出來，都出來。」

很快的，工寮門口溜出一隻土撥鼠，後面又出現一隻、二隻……哇，八隻土撥鼠，碰碰擠擠玩鬧著。

哥哥發愁了，牠們個頭都不小，一個簍子裝不完，該怎麼搬呢？

「哥，他們會跟著我們走。」月牙兒變成指揮官，喊著一大隊土撥鼠兵：「走好喔，別跟丟了。」

哥哥快步在前面帶隊，不時回頭看。

土撥鼠跑跑跳跳跟著，有兩隻鼠寶寶年紀小，經常停下來玩玩歇歇，鼠爸鼠媽輪流催促小傢伙：「快走，快走。」

月牙兒走在隊伍後面，「吱吱嘰嘰」唱兒歌：「搬家了，搬家了，八隻土撥鼠搬家了。」

「搬家要有好理由！」聽到鼠爸爸應和，土撥鼠一家大聲唱：「搬家了，搬家了，搬家要有好理由。」

月牙兒笑得嘰嘰吱吱，又唱：「搬家為了躲危險，搬家為了好同伴。」

「躲危險」，「找同伴」，「八隻土撥鼠把家搬」，土撥鼠家族在陽光下跑跳追逐，互相打氣。

看出哥哥走往山凹的家，月牙兒高興的摸摸身旁土撥鼠，告訴他們：「搬家了，搬家了，搬到山凹心情好。」

這是秘密喔！哥哥和月牙兒把土撥鼠帶到山凹，重新築窩挖洞，爸媽不知道，姊姊也不知道。

8 這樣的故事好好聽

接連幾天，月牙兒都跟著家人去果園。但是果園並不適合月牙兒，沒有安全寬敞的遊戲空間，也沒有能跟她嬉鬧聊天的玩伴，月牙兒反而更寂寞孤單。因此，土撥鼠搬走之後，爸媽決定讓月牙兒留在山凹裡看家。

媽媽梳好月牙兒柔細的髮絲，給她戴上髮箍。嗯，很漂亮！

「月牙兒，留在家裡玩吧，有那麼多朋友做伴，你的故事說也說不完哪。」親親她的鼻頭，媽媽出門前這麼說。

爸爸哈哈哈大笑：「月牙兒，你會是山凹裡的公主，大家都聽你的話。」想到月牙兒能說出一堆動物的話，爸爸還是覺得不可思議。

哥哥出門前故意捉弄月牙兒：「把家看好喔，別讓土撥鼠搬走了。」

姊姊蹲下來，跟月牙兒說悄悄話：「這裡是山凹故事的家，有一個很會說故事的小姑娘，對不對？」月牙兒笑開潔白的牙齒，跟姊姊勾勾手指，蓋印章。

月牙兒喜歡說故事，通常，她爬到樹上，會先跟樹上的玩伴一個一個問候，說幾句話，聽聽他們唱歌玩鬧或報告消息，接著，她坐到樹杈窩，抱著樹胳膊，開始嘰哩哇啦說故事。

因為聽眾太多，月牙兒總是換很多種不同的話來說完一個故事，動物們常只能聽懂其中的一段話，但是大家都愛這樣的遊戲。

當月牙兒說松鼠話，別的動物忙著去通知所有松鼠來聽故事；等月牙兒換說猴子話，松鼠甩甩毛球尾巴說「謝謝」時，猴子們又被大家找來了。

遇到動物們有事沒來玩，月牙兒一樣開心說故事。她的聲音清脆甜美，說話像唱歌，帶著笑容的臉頰常常漾起紅暈。說完故事後，月牙兒會眼睛亮亮，心情亮亮，拍拍手哈哈氣，滿足又快樂。

也有些時候，月牙兒就趴在地上、草上，踢著腳、埋著臉，或撐著下巴，小小聲跟昆蟲朋友說話聊天。

安安靜靜的看，輕聲細氣的呵呼，耳朵裡有些微癢癢的騷動，那是昆蟲玩伴才有的奇特聲嗓，月牙兒還學不來，但她聽得笑咪咪。

蟲兒在她手心裡乖乖睡、蹦蹦跳，沒有誰會驚慌害怕逃跑的；在月牙兒亮亮的眼睛注視下，昆蟲們跟她說著聽不見的話。

像現在，她扮家家酒，一會兒掃地，接著晾好衣服，還要洗好碗筷，好忙啊。陽光亮，微風吹，月牙兒又想要說故事了。一段又一段故事跟著她的腳步，飄在空氣中，落在石頭上，草叢裡：

蟋蟀蹦蹦學翻跟斗，從地裡的窩翻出來，想要翻到天上去。地道很小，他翻一次就跌一次，從窩裡出來時，蹦蹦正好翻到扭扭蛇的尾巴上。

扭扭蛇把身體拉得長長直直，告訴蹦蹦：「我幫你，趕快翻跟斗吧，到我的頭上來。」

扭扭的身體滑溜溜，蹦蹦翻一次就跌一次。他從尾巴翻到扭扭頭上，扭扭蛇已經夾住松鼠波波的毛球尾巴。

波波喊蹦蹦：「我也幫你，趕快翻跟斗，到我頭上來。」

松鼠波波一身毛，蹦蹦抓得住，可是波波動個不停，蹦蹦翻一次就跌一次。他翻到波波頭上，正好貓頭鷹木木拉住波波的手。

木木拍翅膀，飛上天，叫蹦蹦：「我可以幫你，快點翻跟斗，到我背上來。」

蹦蹦又繼續翻跟斗，從波波頭上來到木木腳上，再翻，到了木木肚皮，再一個跟斗翻過去，哎呀，蟋蟀蹦蹦翻出木木身體，在天上嘰哩嘰哩叫。

木木趕忙去接蹦蹦，帶著腳下的波波和扭扭，一同飛上天。

「我也要！」樹上的猴子山山跳起來，抓著扭扭蛇的尾巴，在天上飛。

「我也要！」石頭上的兔子豆豆，豎起長長耳朵喊，拉住山

山的尾巴，跟著飛。

貓頭鷹木木腳重重的，身體慢慢往下掉，木木趕快用力拍翅膀，用力用力搧。

飛起來了，飛起來了，能夠在天上飛，豆豆哈哈笑，山山哇哇叫，波波吱吱吵。

飛起來了，飛起來了，扭扭不能開口叫，只能轉著圈兒鬧。

飛起來了，飛起來了，有一群玩伴跟著飛，貓頭鷹木木很快樂。

到天上了，到天上了，蟋蟀蹦蹦最快樂，嘰哩嘰哩說：「一切都因為翻跟斗，沒有誰比我更會翻跟斗！」

月牙兒的頭髮在風裡飄，衣裙蓬張，仰起臉，她開開心心接受風的讚美。

「這故事真有趣，我喜歡。」風在她耳邊說。

跳著、跑著，月牙兒呵呵哈哈笑著，她的心也跟隨故事飛起來了。

9 惹麻煩的新鄰居

快樂，是種好習慣。

月牙兒向動物們學到了好脾氣，整天笑呵呵，她說話語調是輕快活潑的，笑容表情是純真虔誠的，眼裡閃爍熱切關懷的亮光。

因為用快樂的心思看每一件事物，月牙兒沒有煩惱也不知道生氣，只有一兩次，她收起笑容，不說故事，安靜的發呆，感覺腦袋瓜裡突然有些奇怪的念頭。

土撥鼠爸爸來找月牙兒時，正好遇著她趴在草叢裡發呆。土撥鼠爸爸立起身，用鼻頭親吻一下月牙兒。

「你好。」打完招呼，土撥鼠爸爸順手拉下月牙兒的粉紅髮箍，聞聞咬咬。

來到山凹後，土撥鼠一家消失好幾天，月牙兒很高興再遇到土撥鼠爸爸。

「你們的新家都整理好了嗎？」月牙兒拿回髮箍戴到頭上。

土撥鼠爸爸搖搖頭：「還要挖兩個房間才夠。」他兩嘴鼓塞塞，成了一張兔子臉，「我要回去工作了，如果看到小寶和小貝，請你叫他們多帶些草回家。」

土撥鼠爸爸含含糊糊說完，很快跑不見，他還不準備讓人知道新家位置喔。

土撥鼠寶寶也出來兜風遊玩了嗎？

月牙兒問地上忙碌搬食物的螞蟻。他們排了一條長長隊伍，傳遞一朵大蘑菇，洞口不大，蘑菇卡住了，螞蟻們還在想辦法努力。

回答月牙兒的，是「嗶哩叭喇」噗噗跳、慌慌叫的蚱蜢兄弟：「做什麼？做什麼？」

青綠小巧的身體跳到月牙兒手臂上、脖子上、身上，不斷換位置。

月牙兒才伸手要摸他們，兩隻土撥鼠小寶小貝「吱吱」「吱吱」跑來，鼻頭朝蚱蜢湊上去，蚱蜢兄弟「唰」地忙跳開。

欸呀，「小寶、小貝，等一等。」月牙兒抱住鼠寶寶：「別這樣，會嚇到新朋友喔。」

蚱蜢兄弟擦腳摩翅膀，激動的大聲叫：「做什麼？做什麼？」這些新來的鄰居真奇怪，草葉那麼多，卻追著我們捉咬！

「是敵人嗎？」蚱蜢叫出刺耳聲音。

真糟糕，土撥鼠的熱情招呼讓蚱蜢受不了，以為是要跟他們打架戰鬥。

月牙兒忙跟蚱蜢輕聲說：「別怕，別怕，他們是新朋友，只會親吻鼻頭打招呼，最喜歡推擠玩鬧，他們叫作土撥鼠。」

等蚱蜢兄弟安靜下來，月牙兒才放下小寶小貝。

鼠寶寶立起身東張西望，「他說什麼？」「他喜歡我們嗎？」跟月牙兒碰鼻頭時，小寶推推月牙兒的手，小貝搭著月牙兒肩頭，一邊問一邊看。

蚱蜢跳到小寶鼻子上，輕輕一碰就跳開。

「蚱蜢跟你打招呼了。」月牙兒笑呵呵，告訴小寶、小貝：「快回家，鼠爸爸要你們多帶些草回去，你們還要挖兩個房間才夠哩。」

低頭啃草，小寶小貝咬著滿嘴草葉，鼻頭黏著一團泥，乖乖跑回家。蓬鬆的毛被陽光照出淡淡黃褐色，月牙兒發現，土撥鼠有點兒像狗喔。

「能叫他們小心點嗎？」螞蟻爬到月牙兒手上，用頭頂觸角說出要求。

剛剛土撥鼠這麼一鬧，把蘑菇踩碎了，螞蟻洞口坍塌，工作完全中斷，螞蟻們四散奔逃，現在得重新來過，要花很多精神。

「新鄰居很會惹麻煩哩。」螞蟻的角點呀點，跟月牙兒無話不說。

靜靜看螞蟻們把洞口清理修復好，開始搬運蘑菇，月牙兒笑出一彎紅紅嘴唇：「辛苦了，把食物收好喔。」

雖然土撥鼠鬧得螞蟻不高興，但踩碎了蘑菇反而方便搬運，工作順利讓螞蟻們又認真做事不再抱怨。

9 惹麻煩的新鄰居

「你知道嗎？」猴子晃到月牙兒面前，抓抓臉頰，慢條斯理說話：「我放在石頭彎樹洞裡的香蕉、龍眼、栗子、橄欖，那隻大老鼠很快就找到，全部拿光了。」

「石頭彎」是山凹最靠近山洞的一棵大龍眼樹，動物們喜歡在那裡碰頭，月牙兒常爬上「石頭彎」那漂亮弧狀的粗大枝枒，聽鳥兒唱歌，看樹葉跳舞。

樹腳下有個洞，是動物們存放食物招待大家的處所。動物們來，有什麼吃什麼，吃完了就再分頭採集放進去；說話聊天還有東西吃，大家更快樂。

「他的大嘴裝了那麼多東西！」邊說邊模仿土撥鼠的動作，最後，猴子把臉頰鼓得圓圓飽飽，話都說不清：「你看，就是這樣，完全不像老鼠了。」

土撥鼠一家和這裡的玩伴多麼不一樣啊。

「他把我們的快樂都拿走了！」猴子故意歪嘴擠臉垮下眼，唉聲歎氣，逗月牙兒。

月牙兒笑出一排白白牙齒，她看過猴子做鬼臉，這次學土撥鼠爸爸更有趣。

「我可以去找土撥鼠爸爸。」月牙兒快樂的想，帶他們來跟大家見面、交交朋友。

10 花米尖的沽滴

教月牙兒爬樹爬山的猴子，有些時候會全身濕淋淋，躺在山壁上曬太陽睡大覺。

「你們去哪裡玩？」月牙兒很奇怪，問他們。

猴子們去玩水，從高高石頭跳進水裡，「碰」的聲音和白白噴濺的水花，清涼又刺激，比抓樹藤盪鞦韆、玩空中特技還要過癮有趣。可是，他們不讓月牙兒跟，也不打算教月牙兒玩水。

「你們去哪裡玩？」

月牙兒這麼問的時候，猴子們總是嘻嘻笑，裝鬼臉，捧來一堆花米、一把果實或是一束野花送月牙兒，卻不回答她的問題。

會爬山壁後，月牙兒開始自己一個人探路，大大小小的山洞讓她專心學抓岩石、學認景物，忘了猴子洗澡的事情。

直到有一天，月牙兒跟著一隻蛙走到山凹背面，在樹林中看見一大片水，她才又想起猴子玩水的事情。

這裡沒有猴子，但是有水，很多草站在水裡，有一棵樹斜斜倒向水面，伸出枝枒。

帶路的那隻蛙「噗通」不見了，月牙兒爬上樹，坐在枝枒垂晃著腳。

呵呵，白白小腳丫就泡在清涼的水裡，月牙兒高興的睜亮眼，看著這新奇的水世界。

突然間，「嘓嘓」聲響亮叫，繞著月牙兒歡喜熱鬧的喊：「嘓嘓」「說故事」，「嘓嘓」「說故事」，好像每一株草都有青蛙在說話，卻

又看不到他們的身體。

腳指頭有東西摸過，月牙兒發現水裡有魚，黑漆漆滑溜溜，帶起水波，柔柔拂摩她的腳丫丫。

喔，有點兒癢癢更多些驚喜，新的朋友用新的方法在跟她打招呼哩。

張開腳趾頭，月牙兒專心和水世界的玩伴摸摸碰碰，睜大了眼努力要看清楚每一條魚的樣子。

坐在枝枒上的小身體越趴越低，紅紅嘴唇笑彎彎，她白嫩的手伸向水面，想要撈起水中那晃晃亮亮的雲朵。

「蓬」的大大一聲，哎呀，月牙兒整個人掉進水裡了！

好像吃下幾口水，也好像水跑進鼻孔，全身衣裙溼答答，月牙兒沒了笑容卻不慌鬧，被奇妙的感覺迷住心思。水抱著她的身體舉起落下，浮浮沉沉，像躺在輕軟的毯被。

月牙兒看著白雲一朵朵，以為自己在天上飛，抬抬手動動腳，身體就晃晃蕩蕩，才知道是水在跟她玩耍啦。

這座藏著水窪的樹林，成為月牙兒山壁探險後的另一個快樂天地。「花米尖」是那棵伸出水面的樹，月牙兒想都沒想，隨口叫出這名字，快樂的抱著樹唱歌。

「花米尖」，也是月牙兒對水窪和樹林的總稱。

花米尖的魚，會親吻月牙兒腳丫，拉開她的腳趾在水裡畫畫。他們跟青蛙一樣，愛躲在草叢裡吹泡泡、捉迷藏。

花米尖的「夾子」，曾讓月牙兒嚇一跳，那是顆大蚌，月牙兒在水底石頭下摸到他，被蚌殼夾住時，手指痛痛還叫出聲。

花米尖的土是軟的，月牙兒有時玩泥巴，挖到蚯蚓、螃蟹和一些有趣小蟲子。

> 花米尖的沽滴，跑來又跑去；花米尖的沽滴，膽小沒脾氣；花米尖的沽滴，對我笑嘻嘻。

月牙兒手舞足蹈，玩濕的衣裙還沒乾爽，跑回家的路上，她跳跳唱唱，心中有很多快樂。

誰是「沽滴」呢？太陽問風，風不知道；問水，水不知道；問泥巴，泥巴攤散開，露出小螃蟹橫行倒退亂亂走。

「就是他。」泥巴說。

小傢伙在月牙兒手心爬行，快速移動又不時折返，撓出一陣陣細細呵顫。看著小小黑眼珠驚慌轉動，靈巧可愛的模樣，月牙兒笑瞇瞇，「沽滴」這名字就快樂喊出來了。

一切都自自然然，好像本來就該這樣。

月牙兒跟魚、青蛙玩，從花米尖落進水中，泡水漂浮、抬手踢腿，發現躺著也能像魚那樣活動。

甚至，青蛙跳水的噗通聲，月牙兒都感到好玩，就也學跳水，故意跳出大大的聲音和許多水花，仔細聽，月牙兒「哇」「哈」的笑聲也在那裡頭喔。

「ㄍㄚ，ㄍㄚ」「ㄍㄚ——」，草叢內還有另一種奇怪笑聲，月牙兒閉上嘴、眨眨眼，伸手撥開草莖，一隻鴨子拍翅膀飛過她頭上，衝入另

一簇草葉。

水珠灑落，涼風吹拂，匆忙間看到的扁嘴巴綠藍羽毛，讓月牙兒「哇」大了嘴和眼。

花米尖，好像奇妙的夢喔，帶領月牙兒悠游水世界。月牙兒想著：「我要跟大家說說花米尖的故事。」

11 遇到一隻狗

最先聽月牙兒說花米尖故事的，不是她親愛的家人，也不是天天遊戲說笑的動物玩伴，而是隻陌生的狗。

抱著山壁攀爬，月牙兒聽到狗叫，汪汪聲一會兒又沒了，她坐下來仔細聽，不久叫聲靠近些，還雜了細碎清脆的「叮呤」聲。

一隻狗，全身毛絨絨的白，掛著紅項圈加個小鈴鐺，在山裡「汪汪汪」奔跑喊叫；聲音裡有些著急，眼裡有詢問，表情很期待；這隻狗給月牙兒的感覺是：「他不快樂！」

「你來山裡玩嗎？」在山壁上曬太陽的月牙兒大聲問。

11 遇到一隻狗

「我找不到主人。」「主人不見了。」狗抬起頭，山壁上的月牙兒是個小小點，狗沒看到她，汪汪說完鼻子四處聞，「主人叫我走開，他不要我……」狗嗚嗚哼，很沮喪。

為什麼主人會不要狗了？月牙兒不知道，但她想起爸媽為了保護果園的水果，曾經說要趕走動物玩伴，那時，自己也很難過和掉眼淚。

爬下山壁，月牙兒蹲到狗面前安慰他：「你別難過，我陪你去找主人。」

看到月牙兒時，狗「汪汪汪」搖尾巴，跟著月牙兒走。

山裡那麼大，月牙兒帶著狗到處找，她問樹木：「看過狗的主人嗎？」

樹木搖出嘩嘩響聲：「有人往山下走。」「有人在山裡轉。」「狗可以做自己的主人。」

她問飛過的畫眉：「看過狗的主人嗎？」

山畫眉唱出一串漂亮音符：「我沒注意什麼人帶了狗來山裡玩。」「我都自己飛，沒有主人更快樂。」

山裡的風輕輕說：「不要難過，在這裡，沒有誰是主人。」

找不到狗的主人，月牙兒決定說故事給狗聽，讓狗不去想主人的事。說快樂的事情，是月牙兒的好習慣。一路上，月牙兒興高采烈，把花米尖的故事不斷「汪汪汪」「汪汪汪」說給狗聽。

一直到爬過山洞，走進山凹，坐在家門口，等先收工回來煮飯的媽媽或姊姊，月牙兒眉開眼笑，嘴巴沒停過。

「帶我去」「帶我去」，狗汪汪汪熱切喊，像月牙兒很熟的好朋友。

11 遇到一隻狗

聽說這是被丟棄的寵物狗，爸媽兄姊喊他「小白」，任他在屋裡進出。

第一個晚上，小白蜷臥在門邊，枕著一個麻布袋呼嚕呼嚕睡。

天亮後，爸爸起床開門，小白立刻跳起來往外衝，大家以為他要再去流浪，追著背影看，小白低頭在地上聞聞嗅嗅轉圈圈，原來是去大便。月牙兒下床時，正好小白活動完再跑進屋裡。

就這樣，月牙兒有了看家的伴。

習慣跟人相處的小白，搖著尾巴汪汪叫，貼身緊跟月牙兒，跑前跑後隨月牙兒逛，跳上石頭，爬上山壁，在草叢裡追蝴蝶找蜥蜴。

他也喜歡捱靠到月牙兒腳邊，讓月牙兒抱抱摸摸，有時還伸舌頭舔舔月牙兒的手啊臉啊，像土撥鼠打招呼那樣。

儘管小白不會爬樹，月牙兒坐在樹上唱歌說故事時，他只能守在樹下仰頭看，汪汪叫搖尾巴，但是動物們喜歡跟小白玩在一塊兒。

松鼠扔下果實來，小白汪汪汪跑去咬；紅嘴黑鵪在樹葉裡喵喵叫，小白以為是貓，追著花貓說：「你好你好。」

樹上樹下玩成一片，熱鬧快活得很。

「小白比大老鼠可愛多了。」猴子告訴月牙兒，小白不會去碰樹洞裡的食物，「這點最了不起！」他想起土撥鼠就還是做鬼臉。

接著遇到下雨天，月牙兒留在屋裡沒出門。雨點打得屋頂「啵啵啵」「通通通」「兜兜兜」，不斷換聲音叫。

小白偎著月牙兒，又聽她說了一遍花米尖的事。

「你可以畫出來。」小白搖尾巴，腳在地上抓抓摳摳，泥土地上出現一條條痕跡。

月牙兒笑了，也伸手在地上直來彎去的畫。

山雞會用爪子在地上抓出圖案，松鼠會用牙齒咬樹皮留下紋路，月牙兒很自然的用手指抹抹擦擦。

畫了樹，畫了水，畫了螃蟹沽滴，畫了夾子大蚌，想一想，她又畫了一個「我」；「哎，還有魚。」「這是雲，這是草……」畫一樣東西就說一樣。

突然，月牙兒聽到小白也說起故事：

我的主人喜歡畫畫。

他會看著東西，一邊畫一邊說。

他也畫我。

我喜歡看主人畫畫。

趴在地上閉著眼嗚嗚哼哼，小白記得一些快樂的事情。

月牙兒靜靜聽，轉過身，她畫出一個人走路，旁邊一隻狗，很多樹，還有山。

「小白，我畫畫，幫你找主人，好不好？」月牙兒笑開眉眼，想到這個好方法。

12 快樂畫滿山

帶著小白滿山遍野鑽爬，月牙兒快樂作畫，笑聲歌聲跟圖畫，一起飄掛在山裡各處。

她先抱抱石頭，摸摸坐坐，問石頭：「我在你身上畫畫，好不好？」

笑咪咪，嬌囡囡的聲音，石頭沒法拒絕：「好啊，輕一點畫。」

石頭怕痛，可是月牙兒小手指畫畫擦擦，石頭又癢得全身發軟，留不住畫。

「送你一枝筆。」野鴿子飛過月牙兒頭上「咕咕咕」說，一根羽毛落在月牙兒手上。

呵呵笑，月牙兒拿起羽毛刷刷石頭，抓著羽毛尖畫拉出線條，石頭上很快有了一隻狗，張開大大嘴巴。

「小白在叫主人。」月牙兒說。

「加點顏色更好看。」白頭翁啣來幾顆南美假櫻桃，香香甜甜紅橙潤圓，月牙兒先往嘴裡塞一顆，又捏一顆抹在石頭上。哈，畫裡的小白有了紅橙外套。

「這個也很好。」綠繡眼叼著紅的紫的桑葚果來給她。

石頭畫不下了，雙手捧住紅紅紫紫色彩，月牙兒趴到地上，在滿地褐褐黃黃的落葉上面，畫出跟她一樣大小的狗，狗的身體裡面站了一個人。

「小白心裡在想主人。」她說。

看到這一大片紅紅藍藍紫紫的圖彩，還有一身花花綠綠、顏色斑斕的小女孩，風搖著樹梢大聲笑：「我拿去給大家看。」

風呼呼吹，葉子飄捲，畫中的狗和主人散成碎片飛上天。

月牙兒開心的唱起歌：「飛飛飛，葉子飛到主人身邊；葉子上有小白，在山裡找他的主人；葉子飛飛飛，要把小白帶給主人。」

風把她的歌聲也吹散，每一座山裡都聽得到「飛飛飛」。

又高又大的樹有胖胖腰，身體畫了圖案，每個來山裡的人都看得見。

「你們也能幫忙喔。」月牙兒貼著樹說悄悄話，捏握桑葚和假櫻桃的十根手指頭，拍呀抹啊、畫畫擦擦，在樹幹留下她的畫。

順著圓圓樹身，她把小白的頭畫在樹前，轉圈過去，尾巴畫到樹後面，呵，快要碰到頭了，大大的狗眼睛裡有個人在畫畫。

「小白看著主人。」月牙兒拍拍雙手，汪汪汪對小白狗說。

山裡許多樹都有了月牙兒的畫，隨處撿到的樹葉、花朵、青草、果實，讓月牙兒畫得大膽起勁，看見想不到的美麗顏色神奇出現在手上圖上，逗得月牙兒合不攏嘴。

樹木們張挺肚皮上的畫，互相欣賞觀看：「月牙兒畫的狗。」「我也有。」「這隻狗很愛跳。」

樹木們也當評審：「他身上的畫更有創意。」「你的顏色很豐富，我的樣子很可愛。」

螞蟻爬到樹上來看畫，努力想把圖畫搬回家，「這麼香，這麼甜，一定很好吃。」

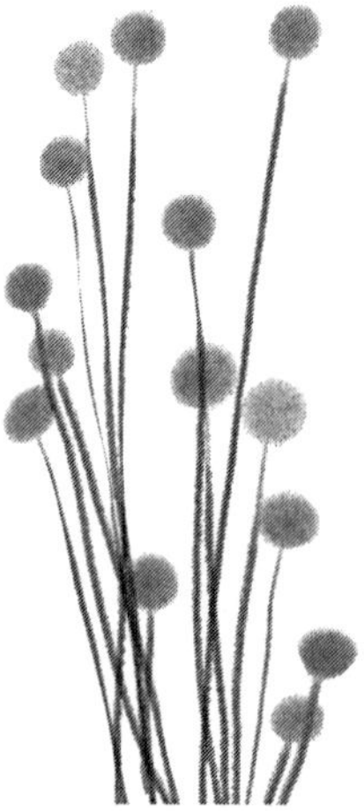

「不行不行，這是月牙兒送我的。」樹木告訴螞蟻們：「叫她也畫畫送你們，別來跟我們要。」

對了，泥土沙地更是畫畫的好所在，月牙兒撿起身旁的葉柄樹枝，蹲下來作畫。

「為什麼不香不甜呢？」「能像樹身上那樣的畫嗎？」螞蟻問月牙兒。

「可以可以。」月牙兒笑嘻嘻，把紅橙黃褐綠各種顏色的葉子花片，氣味香甜大小形狀不同的果實，直接放在圖畫上。

哈哈，這樣的畫更特別，螞蟻們急忙出動來搬回窩裡收藏。

「記得幫忙找狗的主人喔。」月牙兒盯住他們，亮亮眼睛裡有高興也有熱情，眨個不停。

會的會的，螞蟻們把消息傳得老遠，每一隻螞蟻看到人就爬到腳上手上問：「你是狗的主人嗎？」

唔，「這裡沒有你要的。」人搖搖頭，拂掉螞蟻這麼說。

山壁、石頭、樹幹塗著顏色畫了線條，來山裡走動的人都看見了。

「這山裡藏了寶石嗎？」「石壁上的畫有什麼秘密呢？」人看著畫，你一句我一句。

隨風飛落的樹葉飄散各處，一雙腳停下，人彎腰拾起幾片，趣味盎然的玩弄排列，翻來覆去研究。

葉子上有美麗奇特的紋彩，好像能拼湊出什麼畫面來，「有意思！」

點點頭，人自言自語：「了不起的作品。」

打開背包，人把這些樹葉夾進速寫簿。

風翻翻簿子，哎唷，這個人也畫狗，有項圈掛鈴鐺，他畫的會是小白狗嗎？

家人也看到月牙兒的畫。

「小白要找主人嗎？我們也來想想辦法。」爸爸抓抓頭對哥哥姊姊說。

用力搓洗沾染顏色的衣服，媽媽想著月牙兒。

「咳，滿山都是畫呀！她一定很快樂，畫得這麼開心。」微笑在嘴邊暈開，染紅了媽媽臉頰。

13 綠頭鴨的歌舞秀

在山裡玩畫畫，小白跑進樹林草叢汪汪叫，挑了桑葚果的藍紫，選了扶桑花的橙紅，又咬著一些黃黃果實衝出來：「再畫，再畫。」哇，在月牙兒腳邊搖尾巴轉圈又跳又叫的，變成一隻花花狗了！「去花米尖洗澡！」月牙兒往山凹後面跑，辮子甩亂了，她順手一拂，臉頰抹著幾道紫紅，髮絲上也有紅和藍。

小花人和小花狗哈哈笑汪汪叫，衝進樹林時，安靜的水窪立刻「噗噗」「啪啪」「砰砰」熱鬧起來。

跑進水窪後，小白四隻腳踩不到泥土石頭，划划踢踢汪汪吼，水馬上混濁晃蕩，白亮亮的鏡子碎成灰霧霧皺紋。

魚被他嚇得躲入水底，青蛙跳上岸，枝頭鳥兒飛離樹，聒噪混亂中，大家爭著逃搶著跑，一邊問：「怎麼了？怎麼了？」

月牙兒原本游在水中左右張望，等著和動物們打招呼，誰知大家都躲起來。周圍冷清清，看不到那有趣可愛的小玩伴。

發現狗狗太吵了，月牙兒忙轉身找。

「噓……」她招回小白：「別出聲。」

小白第一次來到這裡，水世界的玩伴還不認識他，「等他們不害怕了才會出來玩。」

跳到岸邊石塊，小白抖抖甩甩，水珠到處噴濺，正在日光浴的蜥蜴驚慌爬竄，尾巴掃過狗爪

尖，小白唬地低頭「汪」一聲。

月牙兒摸摸他：「安靜喔，我們太吵了，花米尖不喜歡胡鬧的玩伴。」

吐著舌頭喘氣，小白乖乖坐在月牙兒旁邊，聽月牙兒輕輕喊：「沽滴，你好，你可以出來嗎？」她伸手往石頭底下摸，空空的，夾子大蚌出去玩，不在家。

兩隻小豆娘飛飛停停，在月牙兒腳丫丫點啊點，金黃茶綠的身體細細巧巧，月牙兒眼睛亮起歡笑，被他們嬌秀漂亮的模樣吸引住眼光。

狗狗小白豎起耳朵，鼻尖動了又動，尋著氣味，警覺的看向水面，水底下有快速移動的黑影，草叢被什麼東西觸碰發出微細的水聲。

「那是什麼？」小白站起來，急著想看清楚。

「噓——」月牙兒食指放在嘴唇上，聲音小小慢慢：「要安靜，別動喔。」

兩隻豆娘還在腳丫上跳舞，月牙兒捨不得移開視線，又忍不住好奇，她一邊瞄著水中草叢，一邊伸手招引美麗的朋友。

陽光照不進的水草叢根處，好像有說話聲，又像笑聲，草邊水面晃出波紋，光點細細閃閃在水面靜靜畫圈圈。

小白豎直尾巴，翹起兩耳，身體往前探，不安的腳步踩出去：「我去看……」

「等一下。」月牙兒抱住小白。

一隻綠頭鴨正伸出頭，綠綠黑黑亮著光的彎脖子，明顯有條白色環。他嘟著黃黃扁嘴巴，貼在水面左右看，停了停，身體跟著走出草叢。

月牙兒清楚看到那灰灰褐褐的背，邊緣一道黑紋，跟暗暗草叢幾乎一個樣，肥肥圓圓肚子坐在水中，翹高的屁股上有鮮明白羽毛，多漂亮的鴨子！

理理羽毛，鴨子靈巧轉身，往水窪中間游過去，畫出兩條波紋斜斜漂在屁股後，好像月牙兒衣裙後面的帶子飄呀飄。

沒有噼噼啪啪聲，沒有噴起飛濺水花，鴨子滑溜在水裡就像花葉漂浮在水中，月牙兒忍不住跟著左右擺動身體。

「ㄍㄚˊ ㄍㄚˊ」「ㄚˋ ㄚˋ」「ㄍㄨㄚ ㄍㄨㄚ」，粗粗厚厚的歌聲把月牙兒嚇一跳。

草叢邊又多出幾隻鴨，有綠頭黑脖子鴨，也有全身褐黑的花斑鴨，一邊唱歌一邊游。咦，剛才那隻綠頭鴨被叫回來了！

興奮欣賞鴨子家族歌唱，月牙兒學著「嘎嘎」叫，和鴨子打招呼：

「你好，你好，你們好。」「住在這裡真好。」

黑紋嘴的花斑鴨先「呱呱呱」叫：「哈哈哈，說對了。」

其他鴨子跟著問：「你會游水嗎？」「你是朋友嗎？」

這邊也「ㄍㄚˊㄍㄚˊ」，那邊也「ㄚˊㄚˊ」，小白搖著尾巴汪汪叫：「慢一點，說慢一點。」想不到鴨子們一起張嘴「ㄍㄚˊㄍㄚˊ」問：「說什麼？他在說什麼？」

噢，水窪熱鬧極了，青蛙加進來「嘓嘓」兩聲，鳥在樹上「揪哥拉，揪哥拉」宏亮唱歌，月牙兒笑出紅紅臉頰，花米尖的音樂讓她想游水、想跳舞、想飛！

瞥見嬌小豆娘飛離開，月牙兒來不及說再見，因為鴨子跳舞啦。

黃嘴花斑鴨張開翅膀打水花，亮晶晶水滴拋起落下。

還有兩隻鴨向下翻入水中，藏住頭和身體，露出尖尖屁股肥圓肚肚，舉著橙紅腳爪扭啊扭。

又一隻綠頭鴨騰起上半身，拍動翅膀前進，揮出藍藍綠綠幻影，脖子那道白環更加鮮豔耀眼。

「我們出發了。」「好嘛。」「來吧。」

帶隊的綠頭鴨「ㄍㄚˊㄍㄚˊ」喊，其他鴨子「ㄚˋㄚˋ」「ㄍㄚˊㄍㄚˊ」跟在後面，游出一條條波紋，把水面畫成美麗圖畫。

看鴨子們游向水窪深處，月牙兒呱呱嘎嘎問：「你們去哪裡？」「我可以跟嗎？」

鴨群裡有「ㄍㄚˊㄍㄚˊ」聲：「還不快點來，小夥子。」

聽到回答，月牙兒帶著小白歡喜跳入水中，「唰啦啪啦」游過去。

草叢裡突然又鑽出一隻綠頭鴨，翅膀猛力噗噗拍，急慌慌踩水，飛過月牙兒頭上追著同伴喊：「ㄍㄚˊㄍㄚˊ，等我！等我！」

「誰叫你動作慢。」「游快點。」前面的鴨子們自顧自「ㄍㄚˊㄍㄚˊㄍㄚˊ」，一陣大笑。

月牙兒沒有再游過去，因為小白擋著，鼻頭往草叢聞，嘴巴呶呶咬咬。

月牙兒探頭看，草莖裡有什麼呢？

撥開草葉，就在她面前，幾顆淡綠色圓圓長長的蛋，排排靠靠像睡覺的小寶寶，靜靜躺在草窩裡。

啊，這是今天最大的驚喜，一整窩綠頭鴨的蛋！

14 山裡的夜晚真奇妙

山凹裡的生活簡單自在，用竹管接山泉水，用大灶燒柴火，點煤油燈，沒有電和瓦斯，月牙兒一家人依著日出日落來作息。還在上學讀書的兄姊平常住山下爺爺家，星期假日才回到山凹果園幫忙，月牙兒接觸最多的就是動物，白天看最多的風景就是山峰、石頭、樹木、流水，她自由快樂的奔跑攀援戲耍，每個日子都很美好。

太陽一走入山背後，夜晚很快就來臨，月牙兒期待夜晚，不只因為家人都回來了，也因為又一種奇妙世界等著她。

山裡暗得特別早，點煤油燈的屋內，豆大光亮喜歡拉著牆上黑影

跟人變把戲。月牙兒迷上這光的遊戲，跟著爸爸學會手指張開、彎轉交握，變出各種表情姿態的動物玩伴。

月牙兒總是一個人扮演所有角色，自說自話編故事演戲。

有時爸爸加進來，大大手掌變出更多東西。

「這是什麼？」月牙兒問，猜不出牆上的故事。

「山豬追兔子。」

爸爸笑著一翻掌：「兔子跳上車，車子追山豬。」逗得月牙兒哈哈呵呵笑。

也有時，爸媽帶月牙兒到屋外。

跟白天亮晃耀眼不同，夜晚的山凹一片冷冷清光，照在身上沒有白天的暖熱，只有涼涼輕輕，像風吹，讓人不想唱跳喊叫，只想靜靜慢慢說故事。

圓圓滿月的銀白光輝，清楚照亮周圍景物，卻不是白天那種鮮豔分明的色彩，似乎加了寶藍或銀灰薄紗，看來熟悉又陌生。

月牙兒瞪大眼睛尋找白天那些樹木花草、岩石山壁，他們還是在原來的地方，月光下變得不真實了，好像夢裡的世界。

夢，是夜晚那亮圓圓的月亮送的嗎？

他會跟著人走路，把夢送到家裡！

月牙兒把眼光轉向天上，一邊走一邊想：「我是魚，游在月光裡。」快樂的故事這樣開頭。

美麗幻想一天天延續，彎彎細細的弦月緊勾住月牙兒，因為媽媽說：「那是天上的月牙兒。」漂亮的銀色彎月就在她的故事裡，「從天空游到地上，彎成花米尖。」

除了月光，空中亮晶晶的星星更是夜晚奇妙的風景。

密麻麻光點像花米尖水面那樣閃呀閃，仔細看，光點有的藍有的紅，也有白色黃色的光點，全都眨呀亮啊在說話。

「你們在說什麼？」

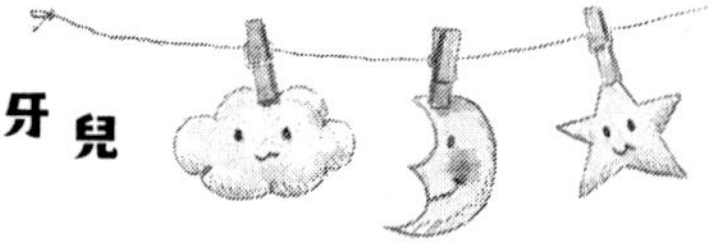

月牙兒仰頭看天空，那些特別大又亮的星，一定是說得很開心，說不定在哈哈笑呢，更多細小閃爍的星子兒，應該也聽得點點頭吧。

「月牙兒，什麼事點頭呀？」媽媽扶著她的頭，怕小腦袋瓜往後掉。

「我看星星說話。」

沒有聲音的玩伴眨亮滿天光點，正在玩神秘遊戲，說奇妙故事。月牙兒巡視每一顆星，發現他們都等著和她嘻笑眨眼睛。

爸爸媽媽也曾帶月牙兒，特地晚睡看流星。星星總在天上高高低低點亮，靜靜守著自己的家，流星卻拖著亮亮的光在天上跑來跑去，像噴濺亂飛的火花。

月牙兒被奇幻迷人的光焰逗弄，驚喜呆看著。

「月牙兒，看流星要記得許願喔。」媽媽教她：把心裡想要的事說出來，流星會幫忙實現。

啊，流星是神仙嗎？月牙兒興奮極了，大聲說：「我要星星！」

爸爸媽媽哭笑不得，這樣的願望，太大了唷，還是不要期待吧。

可是，月牙兒聽到星星在天上說：「送給你。」「讓他們陪你玩。」黑夜的山林間、草叢裡，明明滅滅，亮起暗下，這兒飄那兒飛，紅橙黃綠的光點就在月牙兒眼前。

「星星！」

「是螢火蟲。」爸爸說。

月牙兒看手心裡的小點兒，尾端綠黃光彩比天上星星還要亮，慢慢暗去後，一會兒又現出顏色和亮光。

她伸出指尖想摸，小點兒向上飛，一條光帶飄入夜空躲起來。

「這裡！這裡！」整群流動飄移的螢光閃爍喊，搶著要月牙兒：「看我！看我！」

招手輕笑，月牙兒柔柔細細說：「跟我來，跟我來。」她引著一群螢火蟲跑向爸爸媽媽，快樂笑容也照亮爸媽眼中的光點。

山上的夜晚，被月亮、星星、螢火蟲的光亮妝點，變成美妙奇幻的世界，喔，還有燈的光！

站在爸媽身邊看山下，黑黑樹影山影裡，隱約有簇集的點點燈光，它們亮在一塊兒，不跑不飛，像歡聚依偎的家人。

月牙兒心裡暖暖的，瞇眼瞌睡，被爸爸抱回屋裡。

睏倦的眼皮下，月牙兒見到了天上地上，山上山下，星星們跑啊飛啊，流成一條銀白光亮的河，在黑黑夜空飄遊。

15 朋友再見

找了很久，小白終於回到主人身邊。

月牙兒畫在樹葉拼圖上的顏彩圖案，給了主人靈感，拿著為狗畫的素描，向山下人家詢問：「有見過這隻狗嗎？」

有人告訴他：「山裡種果樹的一家人，最近收留一隻小白狗。」於是，主人從山下問到山裡果園。

素描的狗沒有顏色，但爸媽一看就確定是小白，除了有項圈和鈴鐺，狗的右耳尖有缺陷，臉上像娃娃帶笑的表情，也都跟小白一樣。

媽媽特地回山凹去帶狗兒，可是月牙兒和小白都不在，媽媽到處找，還好麻雀們飛去通知，月牙兒趕快帶著小白跑回家。

在果園裡，主人見到狗，吹聲口哨又喊聲「胖弟」，小白立刻搖尾巴，汪汪衝上前，跳到主人身上親熱的伸舌頭舔臉頰，興奮到呵呵厚厚喘。

順利幫小白找到主人，月牙兒也很高興，拿著送給她的狗兒素描，笑瞇瞇揮手跟主人和小白再見。

「主人很愛小白」這件事，讓月牙兒心裡有說不出的快樂。她愛動物玩伴，覺得他們都應該得到人的喜愛；想著主人努力找小白，要把狗帶回去，她的笑臉亮起光彩。

「月牙兒，你剛剛跑去那兒了？」怕她會難過，媽媽放下工作，陪著月牙兒聊天。

「我們正要去花米尖看沽滴。」

月牙兒的話，媽媽聽不懂。

15 朋友再見

「花米尖」和「沽滴」都是小孩兒的夢，不過，看月牙兒神情開朗，興致高昂，失去狗狗作伴並沒有減少她的活力，情緒也不受影響，媽媽才放心去工作。

等爸媽收工帶她回家的這段時間裡，月牙兒發了會呆。神奇美妙的花米尖世界，小白什麼時候再來玩呢？以後，誰會陪她玩水、看鴨子跳舞啊？

想到小白親吻主人的動作，很熟悉唷。「土撥鼠也是這樣跟我打招呼的。」月牙兒又笑起來。

「很久沒有看到土撥鼠了。」發現水窪、遇到小白後，她幾乎都帶小白在花米尖玩水，土撥鼠的新家應該整理好了。

送走小白的隔天，月牙兒問石頭彎的玩伴：「你們最近看過土撥鼠嗎？」

「他們跟山豬吵過架。」「土撥鼠吃草，山豬把草踩爛了。」「好可怕，土撥鼠圍著山豬，很兇欸。」樹上的麻雀啾啾喳喳說。

松鼠生氣的甩打尾巴毛球，向月牙兒告狀：「我們在樹上，他們在地下，本來沒事，誰知道土撥鼠不做好鄰居，要搶我們的食物。」「只要地上有吃的，他們立刻拿走，誰都要不回來。」

吵架？搶食物？土撥鼠跟大家處不好！這些事情真是想不到。

月牙兒沒了笑容，小聲問：「土撥鼠的家在哪裡？」

「不知道。」「沒聽說。」大家全搖頭。

野兔蹦蹦跳：「土撥鼠從我嘴裡抓走一撮嫩葉苗，差點扯斷我的門牙，嚇死了！」他張開嘴，大門牙有點鬆動，月牙兒發現他還斷了一節鬍鬚。

沒有誰清楚土撥鼠的事情；昨天、再昨天，他們都沒有出現在山四……

動物玩伴們告訴月牙兒：「沒有土撥鼠，這裡安靜多了。」

是土撥鼠不好嗎？

月牙兒回想他們：像兔子樣的嘴，習慣用鼻頭碰觸招呼；黑暗裡，烏溜溜的眼珠亮晶晶；鼠爸爸嘴裡塞滿食物，笑成兔子臉；小寶和小貝像狗一樣的身影；熱情回應她問話的鼠媽媽。

土撥鼠這一家人多麼可愛，親密合作努力蓋新家，要在這裡居住避開危險……

「我去找他們。」月牙兒爬下石頭彎，一隻蜘蛛停在她身上喊：「聽我說，聽我說……」

喊了十多次，月牙兒才發覺蜘蛛吊在臉面前說話，「啊，你好，什麼事？」

仲手捧住蜘蛛，她輕輕問。

「土撥鼠到別處去了。」這一家，白天離開窩就沒有再回去過，「我爬進去看，每個房間都空空的。」

土撥鼠又搬家了！

「搬家要有好理由。」月牙兒想起土撥鼠爸爸的話，八隻土撥鼠要搬家，上次是為了躲捕獸夾避危險，那這回，他們的搬家歌是怎麼唱的呢？

「謝謝你。」月牙兒放下蜘蛛，看小傢伙跳進草叢後，月牙兒忽然不知道要做什麼才好，心中空空的，她笑不出來，也不想唱歌說故事。

風親親月牙兒臉頰，在她耳邊說悄悄話：「別難過，土撥鼠會自己找到更好的家。」

「跟朋友快樂說再見，讓快樂跟著他們；你會記著朋友，他們也會記著你。」太陽撫著月牙兒頭髮說。

柔柔軟軟的髮絲亮起光，月牙兒抹抹臉，哎呀，她的手指頭也閃著晶亮，是淚珠！

16 兔耳勾，好名字

小白與土撥鼠離開山凹後，小月牙兒心裡稍稍明白：每種動物都有自己的生活，跟人不一樣，也跟別的動物不一樣。小白喜歡回到主人身邊，土撥鼠悄悄又搬走，他們沒有留下來，是因為他們要選擇自己希望的住家。

雖然和自己找到的朋友分離，曾讓月牙兒發呆掉淚，但快樂是月牙兒的好習慣，在太陽微風安慰後，她的笑容又出現，很快被別的事物吸住眼光。

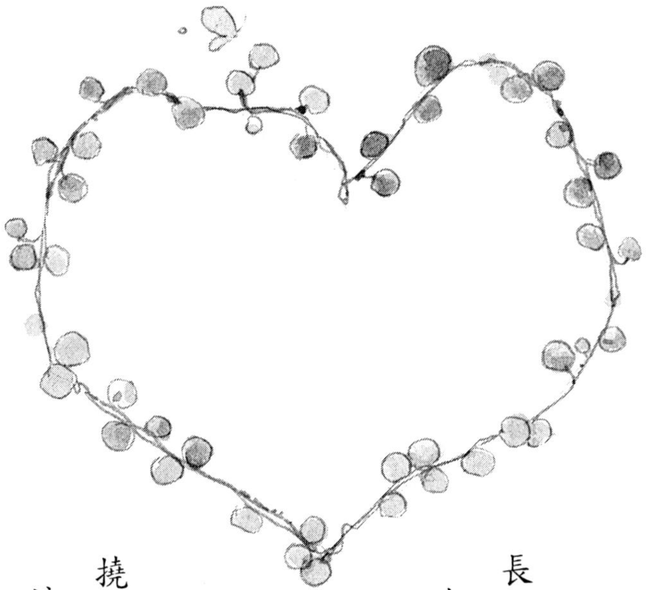

山壁後的大樹林，垂著許多粗粗細細、長長短短的樹根藤蔓，月牙兒看過猴子們在這兒玩，他們抓樹藤飛盪，從這棵樹飛到那棵樹，好玩極了。

「我也要玩這個。」月牙兒在樹下跳、拍著手喊。

「你會摔下去！」猴子們抓抓頭撓撓腮，你看我，我看你，沒有答應她。

這天，她來這裡找野莓時，猴子們正在樹上叫鬧忙碌。

「給你玩。」「上來玩這個。」「新遊戲，來玩，來玩。」他們吱吱噓噓，喊著月牙兒。

抬頭看，樹藤被編成一個套環，吊著一個籃子，這東西要怎麼玩？爬到樹上，月牙兒以為是要甩動樹藤和籃子。

「不是不是」，猴子們把套環拉高，套住月牙兒身體，叫她站進籃子，「手抓緊！」

小心檢查後，猴子們慢慢放下樹藤，哇，月牙兒穩穩的吊在半空中，可以飛盪了。

猴子們抓著樹藤晃來月牙兒旁邊，教她蹬腳彎膝用力，奇怪呀，月牙兒怎麼動都只會轉圈圈，左歪右斜就是飛不起來。

推她盪了幾次後，月牙兒終於知道方法，可以前後晃盪不打轉了。

樹藤粗糙，磨得她細嫩的手心有點痛，可是飛盪在空中很快樂，她越盪越高，笑聲和心情也跟著高亢興奮。

風在身邊呵氣，撩撥她的髮絲：「你會飛了唷。」

16 兔耳勾，好名字

陽光穿過葉隙來欣賞：「喔，這孩子學的真快呀！」

玩猴子盪鞦韆的遊戲太有趣了，一會兒高一會兒低，有時像要碰到樹梢，有時又垂到草葉上。「兔耳勾」「兔耳勾」，月牙兒隨口喊出這名字，覺得很好聽。

月牙兒把這地方叫兔耳勾，玩盪樹藤的遊戲也叫兔耳勾，她甚至把在這裡找到的一隻動物玩伴也喊做兔耳勾。

接連玩了幾天鞦韆，月牙兒已經不用踩籃子、套藤環，輕鬆就能抓住樹藤盪遊在半空裡，還會跟動物玩伴一同嚼嫩葉、吃野果。

她對兔耳勾的野莓和肉桂葉特別喜歡，總是從樹藤上看準有野莓的地方跳下來，不過這回她跳下來時，草叢暗影裡突然傳出狗叫聲。

「ㄨㄤ！」「ㄨㄤ！」「別碰我！」叫聲急躁短促，月牙兒連忙過去找。

喔，不是狗，一隻前額有塊黑黃褐色，身體比小白大些的山羌倒在地上。

「你怎麼了？」月牙兒要抱他起來，山羌一陣發抖，腳站不挺，歪倒嗚嗚哭。

月牙兒摸到尖刺，山羌的右後腳有根棘刺插進肉裡。

「別動啊，我幫你拔起來。」月牙兒學爸爸的方法，用力拔出那根刺。

「別哭別哭，我唱歌給你聽。」月牙兒安慰他，邊唱歌邊摘草葉來。

「吃點東西，你會快樂些。」她學石頭彎的動物玩伴這樣說。

「你的腳痛痛嗎？要多休息，別再走路喔。」她也學媽媽，折下許多枝葉遮住山羌：「蓋好被子、睡飽覺，你會很快就好。」

隔著密密草叢，聽到小孩歌聲和大人說話，有一個人停下腳步。

「算了，等羌仔母生完後再抓，到時就不只這一隻啦。」尋找山羌的獵人轉身悄悄離開。

月牙兒不知道獵人在附近，也不知道山羌肚裡有寶寶，她像玩家家酒，扮演爸爸媽媽和動物朋友，那溫柔微笑的眼神是安全的信號，受傷的山羌看住月牙兒很久，吃了草葉後他安心睡。

月牙兒關心這個朋友，每次來盪樹藤時一定先找到他，陪他說話聊天。

「兔耳勾，你好點了嗎？」「兔耳勾，會不會餓？來，吃吃這個。」

「兔耳勾，我說故事給你聽……」月牙兒把山羌當作娃娃，細心照護。

看到山羌活蹦亂跳，說再見的時候，月牙兒笑容很燦爛：「兔耳勾，走路要小心，快回家去吧。」

歡樂的笑臉和活力充沛的聲音，把「兔耳勾」叫成美麗的畫面。

呵呵，「多好聽的名字！」月牙兒想。

可是，聽她說著：「我今天去了兔耳勾。」「我喜歡玩兔耳勾的遊戲。」「兔耳勾長得很漂亮。」時，家人都聽不懂，月牙兒說的究竟是人名或地方，還是動物，或是，一個夢呀？

17 跟山下孩子玩

趁著幾個農友約好上山看果樹，爸媽帶月牙兒到果園，跟這幾家的小朋友認識。

以前她想去山下找玩伴，爸媽怕她會迷路走丟了，只准她在山凹附近玩，讓動物玩伴陪她聊天遊戲。可是，月牙兒心裡渴望跟一般孩子伴兒在一起，她很羨慕哥哥姊姊有同學朋友。

知道能和小朋友玩，月牙兒很開心。

孩子們天真無邪，很快玩在一起，嘻嘻哈哈追逐笑鬧，果園外山路上都是孩子的叫聲。

山下孩子對月牙兒很好奇：「你在這裡都做什麼事？」

山上沒有可以逛的馬路、夜市、商店，也沒有學校操場或遊戲場所，整天都看這些山和樹，不是很無聊嗎？他們覺得月牙兒很可憐。

怎麼會？山上很多好玩的事，而且有很多動物可以作伴。

月牙兒笑呵呵：「我都在玩啊。」山裡很大，到處都可以跑跳、捉迷藏、躲貓貓。

「你們都在山下做什麼事？」她也這樣問人家。

什麼是夜市、商店？月牙兒聽說學校裡有操場，可以跑跳運動打球，可是她沒見過；其他的「東西」更完全不知道。

孩子們繞著樹幹爬來爬去，你一句我一句說起來：

「我們有時去學校賽跑、打球、玩跳繩、溜冰、學跆拳；我妹妹最愛溜滑梯、盪鞦韆。」

「夜市很好玩，可以射飛鏢、打珠台、坐音樂火車、套圈圈、抽戳戳樂、丟水球。我每次都吵我媽，一定要讓我玩過癮。」

「商店裡很多東西，鉛筆、橡皮擦、貼紙、墊板、卡片，很漂亮喔，我們都去看不要錢的。」

「聽說都市裡的百貨公司更好玩，有冷氣，進去就很涼；還有電梯，只要按下去，要到幾樓它就把你送到幾樓，根本不必用腳爬樓梯。」

月牙兒邊聽邊猜，那些到底是什麼樣子啊？自己編的故事裡如果有這些東西，一定很有趣，動物玩伴也會像我這樣聽得笑哈哈。

「欸，叫你爸讓你去山下玩嘛，我們帶你去學校操場，玩溜滑梯、吊單槓。」

孩子們慫恿月牙兒：「反正山下很近，中午去，下午就回來了。」

看月牙兒心動的眼神，他們說得更起勁：「搖搖椅和翹翹板你玩過沒？還有浪船和地球儀……」

「我要盪鞦韆，你不可以跟我搶。」紅裙子女生大聲說，怕月牙兒也要玩鞦韆。

大人在果園討論栽種收成的事，臨走前知道孩子們邀月牙兒去山下玩，爸媽把月牙兒託給陳老板夫婦。

「我下午去帶她。」爸爸說。

陳老板家有幾隻小狗想送人，爸爸正好去抱隻狗回來。

「對啦，果園養隻狗不錯啦。」陳老闆爽朗回答。

跟小朋友在校園到處看，月牙兒貼著玻璃，對一間間教室好奇張望。

玩浪船和搖搖椅讓她有些頭暈；溜滑梯最好玩，「『咻』地一下就到了。」

回家路上，月牙兒吱吱喳喳，跟爸媽說個不停，她手裡還抱著一隻小黃狗，乖乖窩在臂彎裡。

「我會吊單槓喔，那跟爬樹的猴子一樣。翻跟斗我也會，山裡的猴子早就教我了。」月牙兒清脆嬌囡的嗓音摻著呵呵哈哈的笑語，逗得麻雀白頭翁跟著叫。

「地球儀比這個好爬，還可以鑽進去鑽出來，很像鑽山洞。」進入山凹前，月牙兒還沒說完，興奮的心情感染到爸媽，也把笑容掛在嘴邊。

「翹翹板會一邊高一邊低！」見到回家的哥哥姊姊，月牙兒急著說。

「哇，月牙兒，你大開眼界了唷。」哥哥姊姊為她高興。

玩了這一趟，月牙兒也有很多話要跟動物玩伴說。

坐在石頭彎和松鼠們聊天，月牙兒說的故事不一樣了：

蟬飛進百貨公司，裡面好冷喔，他冷得嘰嘰吱吱叫，趕快飛出來。

樹上的蝸牛叫蟬躲進他的屋子：「進來進來，我們一起去坐電梯。」

等蟬進了蝸牛殼後，蝸牛關起門，用角點一下，蝸牛殼從樹上骨碌骨碌溜滑梯下來。

到了草堆裡，蟬又嘰嘰吱吱叫：「我頭暈暈。」……

月牙兒告訴猴子們：「他們盪鞦韆給我看，跟兔耳勾很像，可是沒有野莓和肉桂，也不在樹林裡，我比較喜歡兔耳勾。」

見到山羌，月牙兒笑瞇瞇：「兔耳勾，你一定會喜歡我的小黃狗，他很像你喔。」

抱在手上的小黃狗讓她想起花米尖，啊，「快點長大呀，我帶你去花米尖看鴨子跳舞。」月牙兒低頭跟狗說。

聽到動物玩伴們吱吱汪汪回答她，「那些孩子一定也想認識你們喔。」月牙兒開心極了。

18 幫媽媽買東西

到山下找孩子伴的月牙兒，摸摸口袋，兩個銅板包在手帕裡，圓圓硬硬。

這是她第二次去山下玩，爸媽不但讓她自己出門，媽媽還給她錢！

「月牙兒，別玩太久，回家前先去雜貨店買包鹽，媽媽炒菜要用。」仔細把銅板包好，放進她口袋時，媽媽又說一遍。

「拿錢去店裡買東西」，月牙兒今天要學的這件事，動物玩伴沒教過。

松鼠在樹上枝葉跳，野兔在樹下草叢鑽，陪月牙兒走到山溝盡頭，大家折回山上，留月牙兒自己走。

18 幫媽媽買東西

往路邊找，一棵龍眼樹，枝幹彎成大圓圈。

月牙兒笑了，對啦，經過「圈脖子樹」，前面這個路口要轉彎。

站在岔口，月牙兒走向欒樹。

「你要去山上嗎？」欒樹送下幾片黃花瓣，和藹的問月牙兒。

啊，走錯了，「我要去山下。」月牙兒紅著臉說，捧起花片走向另一邊。

鐵刀木落下一地黃碎花片高興喊：「ㄅㄠ——‧ㄅㄟ，ㄅㄠ——‧ㄅㄟ。」

嘿，沒錯，這一邊是她要去的方向。

路向下直直伸到一座橋，月牙兒眼睛亮起來，走過橋就是小朋友住的村子，學校操場那紅黃藍綠的鮮豔色彩也看到了。

「月牙兒！」「來玩木頭人！」看到月牙兒，孩子們喊。

「喂，我們去阿婆家，那裡比較大。」光頭男生帶隊跑。

一群孩子像蜜蜂嗡嗡叫，像蝴蝶繞著花朵飛，他們要去摘池塘邊的薑花。

「帶回去插，很香喔。」「我媽都摘去炒菜。」邊跑邊說，幾雙腳跳跨過石岸土堤，爭著衝入花叢裡。

紅頭巾女孩妹仔腳步小，跳不過去，一滑，跌進水裡了，驚慌哭叫，跟在妹仔後面的是月牙兒，趕快跳下水塘去拉人。

「嘎，孩子跌落水嗎？」屋裡阿婆出來察看。

啊唷，真的，池塘裡兩個小人兒！還好池邊的水不深，也還好月牙兒把人拉住了，妹仔露出一顆頭。

「囡仔子，快上來！」「也不會大聲喊，真憨！」

阿婆連聲叫嚷，伸出趕鴨子的竹竿，讓妹仔雙手抱住，月牙兒叭啪嘩啦游上岸，幫著阿婆把妹仔拉上來。

聽見阿婆大聲喊，幾個孩子抱著薑花跑出來。

「她們跌進水裡喔？」七嘴八舌問了三四遍。

阿婆好氣又好笑：「你們不會自己看嗎？」

妹仔和月牙兒都洗乾淨身體了，坐在池邊曬太陽，妹仔還在哭，月牙兒仍舊笑咪咪，不過她往口袋掏摸時叫一聲：「呀，錢掉了！」

看到薑花叢下有鴨子，她一邊比劃一邊嗄嗄阿阿喊：「你們能幫我嗎？」

「我的東西掉進水裡了，可以幫我找嗎？」

一群紅面鴨匆匆游過來，頭下腳上倒栽身體在水底下找，肥肥鴨屁股搭配黃黃鴨爪子，整齊劃一的扭晃擺動。

「哈哈」，木呆著臉抽噎的紅頭巾妹仔笑出聲，嚇成青白色的臉蛋有了紅潤光彩，旁邊那幾個孩子更樂啦，模仿鴨子扭屁股。

一隻紅面鴨咬著手帕游過來，其他鴨子甩頭ㄍㄚˋㄍㄚˋ叫：「找到了，找到了。」

打開溼了髒了的手帕，兩個銅板在陽光下圓亮亮。抱著鴨脖子，月牙兒親親黃扁鴨嘴巴，臉上笑出一道月彎唇和亮亮星光。

「謝謝你們，有空來花米尖玩，那裡有綠頭鴨喔。」她一長串的尬尬阿阿呱呱哇哇，把鴨子們都引來池邊。

孩子們很驚奇，怎麼連鴨子都喜歡她呀！

帶月牙兒跑進雜貨店，還沒看仔細架上許多物品，孩子們就吱喳喊：「這裡這裡，放在這裡。」「老闆，買東西了。」「她要買東西。」

咳，真吵！矮胖老闆丟下報紙走過來：「你們要買什麼？」

月牙兒紅著臉大聲說：「老闆你好，我要買一包鹽。」這是媽媽教的話，月牙兒說得心頭砰砰跳，握緊銅板，張大眼看老闆。

「唷，你是誰？怎麼沒見過。」老闆笑起來，拿出一包鹽給她。

「謝謝。」月牙兒打開手心，把兩個溫熱銅板倒在老闆手上。

「她叫月牙兒。」「山上來的。」

孩子們搶著替月牙兒回答，又推她：「喂，找你錢了，快拿呀。」

喔，月牙兒捧過幾個小銅板，用手帕再包起來放口袋。

老闆笑嘻嘻看她，這小孩子真可愛。

走出店時，月牙兒回頭揮揮手：「再見。」

老闆忍不住哈哈笑，大聲說：「再見。」

戴著孩子們串成的花項鍊，手裡抱著鹽巴和薑花，月牙兒跑跑跳跳回到家，衣服已經乾了。

把找的錢交給媽媽時，她溼溼髒髒的手帕裡還有一塊漂亮的橡皮擦。

「妹仔的媽媽送我這個。」月牙兒呵呵笑，眨著眼睛想：「下次去，我要送他們什麼呢？」

19 送出快樂好滋味

山裡有很多漂亮野莓，香味濃郁、酸酸甜甜，滋味好極了，兔耳勾的野莓更是特別大特別香，月牙兒拿著提籃來這裡，摘了滿滿一籃，興高采烈往山下走。

提籃是爸媽特地為她編的。

知道月牙兒想摘野莓請小朋友嚐嚐，爸爸砍了竹子剖成長條細片，泡水、火烤後，再交給媽媽彎折編結，做出這個精巧可愛的竹籃。

「月牙兒，你看，你的提籃，漂亮吧！」爸爸在油燈的光影下轉著籃子，做最後修整。

怕竹刺會扎手，媽媽在高高的提把上，用布條細心包纏一層，又教月牙兒：「摘新鮮粿葉鋪作底，野莓才不會碰壞壓爛了。」

現在，月牙兒看看提籃，鮮綠的葉片上有豔紅的野莓，好漂亮啊！一路上，濃濃香味引得她不停吞口水。

這一回，媽媽沒要月牙兒買東西，只讓她下山跟孩子們玩。

「早點回家。」媽媽這樣說。

酸甜好滋味請了孩子伴分享，也送了老闆、阿婆和妹仔的媽媽品嘗。

月牙兒純真的笑臉，挽提籃的可愛身影，都跟著山裡野莓留在大家腦海中。

妹仔不玩媽媽的皮包了，吵著要買竹籃，她說：「媽，你買竹籃給我，像月牙兒提的那樣子。」

阿婆從屋後雜物間找出一個竹籃，倒出裡面的破布爛繩，仔細清洗乾淨，放在廳屋盛水果。

「呵呵，好看好看。」是月牙兒讓她記起家裡也有這好東西。

提籃是月牙兒的寶貝玩具，籃子精巧適合盛裝野果，更多個不下山玩的日子，她就提著籃子滿山遊逛，採桑葚、百香果，採假櫻桃、龍葵。把各種能吃的野花野果野菜裝滿提籃，帶回家後，爸媽總會謝謝她：「月牙兒，有你真好，今天又有好吃的！」

媽媽也教月牙兒學採能吃的野菇，炒炸煮湯都很鮮甜可口。

月牙兒想像自己是媽媽，正在買菜做飯，一邊摘採這些果菜，一邊呵呵嬌嬌唸著：

「這是點心。」

「炸菇餅，好吃喔。」

「黑甜仔粥，新鮮野味，多吃點。」

她跟花果扮家家酒，提籃裡出現過各種紅紫黃綠黑白褐的色彩，繽紛燦爛，像她的快樂心情。

只要月牙兒拿起提籃，小黃狗就兜圈子轉，樂得打滾嗚叫，知道要出門去玩樂啦。

除了幫忙找野莓和龍葵，小黃也找到過鮮紅的野菇，讓月牙兒歡喜的蹲下來伸手要採。

突然有聲音喊：「不可以！」

咦，是土撥鼠爸爸！

小黃狗朝鼠爸爸汪汪叫，豎直尾巴想撲過去，月牙兒忙拉住狗兒。

「這個不能碰，有毒。」

躲在樹後面怕狗咬的鼠爸爸，說完很快跑走了。

雖然沒有碰鼻子打招呼，月牙兒仍然開心大喊：「謝謝你。」很高興土撥鼠爸爸還記得她。

採摘野味讓月牙兒生活充滿樂趣。

當她提著一籃百香果到山下請大家分嚐時，意外看見雜貨店老闆，將一堆要賣的小玩意兒倒進漂亮竹編小籃子，擺在櫥架上。

「我用竹籃放糖果餅乾零嘴，漂漂亮亮水噹噹，大人小孩都搶著買。」老闆笑嘻嘻說，從月牙兒得到的這靈感真不錯。

阿婆逗月牙兒：「唱歌給阿婆聽，好不好？」

「好！」月牙兒清亮嗓音張口就唱，歌裡有鳥叫聲，有松鼠猴子的合唱，有鴨子嘓嘓聲，五色鳥度度聲。

聽到末尾，阿婆笑了，是貓頭鷹夜裡戶戶物物的叫聲！阿婆想起小時候，笑得合不攏嘴，這歌，有趣、好聽。

沒聽過這種古怪的歌詞，孩子們嘻嘻哈哈，學月牙兒唱。

陳老闆夫婦看見小黃狗健壯漂亮，跟在月牙兒腳旁搖尾巴，欣慰的摸摸月牙兒烏亮頭髮：「你把狗狗照顧得真好。」

舉起提籃，月牙兒請他們嚐嚐百香果，酸甜味道立刻引出老闆娘的回憶：「呀，時計果！我們以前住山裡，全家人都最愛吃這個。」

「提籃也送我，好不好？」看月牙兒笑呵呵，陳老闆故意逗她。

小女孩可聰明啦：「我沒有提籃就不能裝好吃的來送大家了。」

嘿呀，說得所有人通通開懷笑。

「月牙兒，要常來玩喔。」「你什麼時候再來？」「下次玩久一點，別那麼快回去嘛。」

說再見的時候，大人小孩都歡喜邀她。

蹦蹦跳跳，月牙兒在山路上唱歌，能和大家分享好東西，她覺得很快樂，就像在石頭彎和動物玩伴一起說笑那樣。

「下次，我可以說故事給他們聽。」月牙兒笑瞇瞇猜想，他們會喜歡聽什麼樣的故事呢？

20 搶救跛腳杉仔

挽著提籃要去兔耳勾採野莓的月牙兒，半路被攔下來。

「吱吱」「噓噓」，幾隻猴子慌慌張張爬到樹上，叫叫嚷嚷。

一隻大猴子告訴月牙兒：「山崖下面，有個人跌下去。」齜牙咧嘴說完，又比手畫腳要月牙兒：「去找人來。」「找人下去救。」

月牙兒趕快跑，她把提籃套在肩上掛著，渾圓結實的小腿踩著飛快腳步，頭髮散亂了，眼睛瞪大嘴唇緊抿，小身影急速前進。

果園裡，正在為樹上果實套紙袋的爸爸媽媽，注意到小猴崽闖來，拼命叫拼命跳，繞著身邊吵鬧，不停招手揮臂，很奇怪。

「怎麼了？」爸爸停下雙手。

媽媽丟下紙袋：「月牙兒嗎？」

急促提高的聲調回應小猴崽，他們迅速爬出果園，爸媽忙跟著跑。

「等一等！」

「在哪裡？」

遠遠見到小身影，爸媽稍稍鬆口氣，可是，月牙兒跑得急慌慌，又讓爸媽全身繃緊。

媽媽拔高聲音用力喊：「月牙兒——」

衝入媽媽懷裡，月牙兒胸口跳得砰砰響，臉頰紅通通，鼻孔嘴巴不停吸氣，話說得含含糊糊：「恩，要，訝異，了……」

拉著爸媽往山下走，她努力把話說清楚：「猴子說，有人，掉下去了。」

救人要緊，爸爸抱起月牙兒快跑。

「這裡，這裡。」猴子們盪樹藤飛跳，不斷指引方向。

趕到出事的山崖邊，小猴子們在樹上跳來跳去比比畫畫，「滾下去了。」「在底下。」「自己跌的。」吱吱响响吵。

攀住爸爸脖子，月牙兒朝黝暗裡看，茂密枝葉下竟然是空的，滾下去的人會跌在什麼地方？

「救命喔！」山谷下隱約傳出聲音。

「喂」，爸爸往下喊：「你是誰？你怎樣了？」

「我採藥杉仔啦，腳不能走了，快來救我……」哀哀叫變小聲，令人擔心。

20 搶救跛腳杉仔

這得找人幫忙！

爸爸先下去查看，媽媽帶月牙兒匆匆下山來到雜貨店，幾個大人在這裡看報紙。

一位大個子伯伯正和矮胖老闆泡茶聊天。

「村長！」媽媽喊他：「採藥杉仔跌落山，得趕緊找人手去救。」

「掉下山！」老闆收起笑。

「那是誰？」有人問。

「水圳邊土地公廟旁的跛腳杉仔啦。」大個子村長邊回答邊拿鑰匙。

其他人放下報紙也往外走：「我先去通報。」「我去拿工具。」

矮胖老闆朝屋裡大聲喊：「出來看店啦。」隨手抓起一大綑粗麻繩，又招呼媽媽：「來來，坐車。」

媽媽抱起月牙兒坐到前座，卡車轟轟控控往山上衝，繞過幾個彎，經過圈脖子樹，車子往上爬。

「那裡！」月牙兒喊的同時，大人們都看到了：猴子蹲踞路邊朝下揮手跳腳，彷彿在說話。

車子停住，大家跳下車，老闆先朝山谷喊：「杉仔——」

「來了。」

月牙兒聽到聲響，不一會兒，爸爸從邊坡走上來，全身泥土，低聲跟救援的人說話：「採金線連，被毒蛇嚇得滑落，掛在樹幹上，骨折了，要用擔架……大概三四十公尺深。」

看大人們拿起繩索工具，小心爬下邊坡，猴子們也抓著枝條盪下去。

爸爸已先砍竹子做成擔架，大家抬起跛腳杉仔，他痛得連聲叫：「噢！哇！輕一點！」。

「杉仔，這一行收起來改做別途吧，看你，把好腳都摔壞了。」老闆勸他。

「唉，少年打獵傷了左腳，老來採藥又摔斷右腳，我兩隻腳都在這山裡報銷……」杉仔躺在擔架上嘆氣。

村長繫牢繩子後拍拍杉仔：「忍耐點，現在要把你拉上去。」

分成兩組，爸爸和老闆、村長在上邊用力拉繩索，底下兩個人抓緊擔架往上舉，大家喘吁吁爬。

猴子吱吱噓噓圍過來，老闆回頭看，「嘿，讚喔！」牠們竟然學人抓繩子拉扯，還會留意找較開闊的空間，讓人好做事。

月牙兒和媽媽在路邊焦急等著，過了好久終於聽到爸爸喊：「拉！」樹枝草葉窸窣響，大人們「嘿！」「好！」「再來！」接連喊。

聲音越來越近，媽媽探頭張望，看到擔架一寸一寸升高，連忙接過擔架，小心放在地上。

月牙兒躲在媽媽後邊看，是個灰頭髮有皺紋的老人。

大人們接著爬上來，滿身汗，喘吁吁。

「多謝大家。」老人聲音細小但很清楚：「我在底下喊半天，只有猴崽來，看看又跑掉，我以為沒救了，想不到牠們是去找救兵！」

他喘口氣又提高嗓門喊：「猴兄，多謝啦！」

大家都笑了，胖老闆搖頭，年輕時杉仔抓過猴子，「還好牠們不記仇。」

「嗯，山裡猴子真的通人性。」村長看著樹上猴子大聲說。

「猴子是我的好玩伴，他們會玩也會做事！」月牙兒仰頭看爸媽，眼裡亮晶晶說著話。

呵呵，爸媽也正笑瞇瞇看她哩！

21 可以到學校孵蛋嗎

「勾，勾勾，勾。」一隻毛色花斑的母雞蹲在地上，看到月牙兒走過來，沒起身，喉嚨裡說著含糊的話。

月牙兒臂彎掛著的提籃裡有幾顆雞蛋，她今天沒去採野果野菜，跟爸媽來果園撿拾雞蛋。

「你問問母雞，蛋下在哪裡，把蛋撿起來。」媽媽教月牙兒。

爸媽在果園放養雞隻，白天讓牠們隨處活動，天黑就趕進籠子放在工寮內，最近，雞開始下蛋了，爸媽需要小幫手。

有大紅肉冠、很神氣的是公雞，會跳上矮枝「喔喔」啼。

月牙兒學公雞叫時，不自覺伸長脖子，模樣很滑稽，惹得母雞們「咕、咕、勾、勾」，撇頭轉身走開去。

母雞們喜歡炫耀自己下了蛋，有的卻會把蛋藏起來。

月牙兒「咕咕」「勾勾」問他們：「哪裡有蛋呀？」

很多母雞提高嗓門「勾勾——勾勾——」發出通知：「下蛋了！下蛋了！」

有幾隻母雞告訴月牙兒：「不知道！不知道！」卻佇候在藏蛋的地方。

月牙兒只要翻翻他們附近的一堆葉子、一個沙坑、一堆土，或是移開簍子、紙箱，多半時候就會發現白白或黃黃的雞蛋。

也有時，母雞勾勾出聲叫喊月牙兒，毫沒遮掩的一個蛋就在地上等著她來撿。

21 可以到學校孵蛋嗎

可是，月牙兒現在看到的這隻花母雞，窩地上要孵蛋啦，月牙兒蹲下來好奇的看。

「你也想孵蛋嗎？」母雞咕咕問，稍稍抬高身體把蛋撥一撥。

啊，這問題月牙兒沒想過。

「我可以孵蛋嗎？」她提著一籃雞蛋去找媽媽。

「有隻母雞在孵蛋」和「月牙兒想要學孵蛋」，這兩件消息撐大媽媽的眼睛，拉開媽媽的嘴角，讓繁瑣的工作出現短暫停歇和意外歡笑。

「月牙兒，來試試看。」爸爸煞有其事的佈置一個板凳窩，方便月牙兒坐著孵雞蛋。

「記得蓋住蛋，還要小心的翻翻它們。」

「學這花母雞就對了。」爸媽笑著提醒月牙兒。

凳子裡有三個蛋，月牙兒就坐在花母雞旁邊，跟他勾勾咕咕聊天。

「你不去玩嗎？」猴子們要去兔耳勾盪樹藤，看月牙兒坐著不起身，很奇怪。

「我要孵雞蛋！」月牙兒大聲說，請猴子幫她問候兔耳勾。

松鼠在樹上喊：「你不去石頭彎嗎？」他們採到一堆栗子、橄欖，正要去石頭彎開同樂會。

「我在孵雞蛋！」月牙兒搖搖手，請松鼠們幫她問候動物玩伴。

「快來撿雞蛋。」「我生了一個蛋！」白色母雞神氣炫耀，叫月牙兒。

不行欸，「我孵著蛋哩。」月牙兒要他把蛋藏好，「等我孵完了再去撿。」

看身邊花母雞漸漸閉起眼睛打瞌睡，月牙兒很同情，「你蹲得累累了嗎？我唱歌給你聽吧，別睡著喔。」

為母雞唱的歌，是輕快歡喜的「咻咻、咕咕」與「勾勾、喔喔」聲音，像一群小雞仔們圍繞母雞玩耍，又像母雞呼喚小雞，也像公雞叫人起床，更像一個雞家族談天說笑，熱鬧極了。

花母雞忍不住跟著唱，白母雞看月牙兒不來撿蛋，也大聲勾勾勾叫。

果園裡的公雞母雞全被歌聲牽引來，你一句我一聲：「天黑了嗎？」「為什麼叫我們？」「誰有好消息嗎？」「為什麼這樣高興？」

哎，爸媽笑了，有月牙兒的地方總是充滿歡喜熱鬧，情緒高昂、趣味洋溢。

「她這樣子，適合當老師，做孩子王。」爸爸對媽媽說。

想像月牙兒挽著提籃，笑呵呵去上學，課本簿子鉛筆盒都在提籃裡，「她一定是大家眼光的焦點。」媽媽邊回答邊搖頭笑。

家裡已經收到入學通知，月牙兒該上學了。在山林間的遊戲生活，過不久就將換成在校園裡的學習活動。

習慣和動物相處，老是爬樹爬山壁，全身上下散發自然野趣的月牙兒，要坐在教室捧讀書本、握筆寫字，改和小朋友玩耍互動，爸媽相信她一樣能找到樂趣。

收工回家時，花母雞和他那窩蛋，被爸媽裝在紙箱，要帶回山凹裡的家讓他夜裡繼續孵。

「我可以到學校孵雞蛋嗎？」懷裡抱著板凳窩，肩膀掛著提籃，月牙兒眨亮眼睛，笑揚眉嘴，走在爸媽身邊問。

孵一天的雞蛋，月牙兒坐在板凳上沒去爬山壁、採野莓、盪樹藤，她不覺得累，也不喊無聊，聽說要上學，她只擔心自己這窩蛋要怎麼辦？

21 可以到學校孵蛋嗎

「花米尖的綠頭鴨，可以在水裡的草叢孵蛋，我也可以把蛋帶到學校去孵呀！」月牙兒這麼想。

兒童文學13　PG1186

月牙兒

作者／林加春
責任編輯／劉　璞
圖文排版／陳彥廷
封面設計／王嵩賀
出版策劃／秀威少年
製作發行／秀威資訊科技股份有限公司
114 台北市內湖區瑞光路76巷65號1樓
電話：+886-2-2796-3638
傳真：+886-2-2796-1377
服務信箱：service@showwe.com.tw
http://www.showwe.com.tw

郵政劃撥／19563868
戶名：秀威資訊科技股份有限公司
展售門市／國家書店【松江門市】
104 台北市中山區松江路209號1樓
電話：+886-2-2518-0207
傳真：+886-2-2518-0778

網路訂購／秀威網路書店：http://www.bodbooks.com.tw
國家網路書店：http://www.govbooks.com.tw
法律顧問／毛國樑　律師

總經銷／聯寶國際文化事業有限公司
221新北市汐止區康寧街169巷27號8樓
電話：+886-2-2695-4083
傳真：+886-2-2695-4087

出版日期／2014年10月　BOD一版　**定價**／200元
ISBN／978-986-5731-07-6

秀威少年
SHOWWE YOUNG

國家圖書館出版品預行編目

月牙兒 / 林加春著. -- 一版. -- 臺北市 : 秀威少年,
2014. 10
面;　公分. -- (兒童文學 ; 13)
BOD版
ISBN 978-986-5731-07-6 (平裝)

859.6　　103014908

讀者回函卡

感謝您購買本書，為提升服務品質，請填妥以下資料，將讀者回函卡直接寄回或傳真本公司，收到您的寶貴意見後，我們會收藏記錄及檢討，謝謝！如您需要了解本公司最新出版書目、購書優惠或企劃活動，歡迎您上網查詢或下載相關資料：http:// www.showwe.com.tw

您購買的書名：＿＿＿＿＿＿＿＿＿＿＿＿＿＿＿＿＿＿＿＿

出生日期：＿＿＿＿年＿＿＿＿月＿＿＿＿日

學歷：□高中（含）以下　□大專　□研究所（含）以上

職業：□製造業　□金融業　□資訊業　□軍警　□傳播業　□自由業

□服務業　□公務員　□教職　□學生　□家管　□其它＿＿＿

購書地點：□網路書店　□實體書店　□書展　□郵購　□贈閱　□其他

您從何得知本書的消息？

□網路書店　□實體書店　□網路搜尋　□電子報　□書訊　□雜誌

□傳播媒體　□親友推薦　□網站推薦　□部落格　□其他＿＿＿＿＿

您對本書的評價：（請填代號　1.非常滿意　2.滿意　3.尚可　4.再改進）

封面設計＿＿　版面編排＿＿　內容＿＿　文／譯筆＿＿　價格＿＿

讀完書後您覺得：

□很有收穫　□有收穫　□收穫不多　□沒收穫

對我們的建議：＿＿＿＿＿＿＿＿＿＿＿＿＿＿＿＿＿＿＿＿

＿＿＿＿＿＿＿＿＿＿＿＿＿＿＿＿＿＿＿＿＿＿＿＿＿＿

＿＿＿＿＿＿＿＿＿＿＿＿＿＿＿＿＿＿＿＿＿＿＿＿＿＿

＿＿＿＿＿＿＿＿＿＿＿＿＿＿＿＿＿＿＿＿＿＿＿＿＿＿

請貼
郵票

11466
台北市內湖區瑞光路 76 巷 65 號 1 樓

秀威資訊科技股份有限公司　收

BOD 數位出版事業部

（請沿線對折寄回，謝謝！）

姓　　名：＿＿＿＿＿＿＿＿　年齡：＿＿＿＿　性別：□女　□男

郵遞區號：□□□□□

地　　址：＿＿＿＿＿＿＿＿＿＿＿＿＿＿＿＿

聯絡電話：(日)＿＿＿＿＿＿＿＿＿＿ (夜)＿＿＿＿＿＿＿＿＿＿

E-mail：＿＿＿＿＿＿＿＿＿＿＿＿＿＿＿＿